붕대 감기

붕대 감기

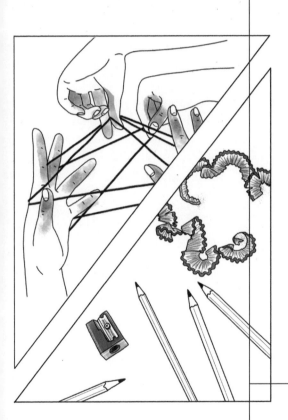

윤이형 소설

작가
정신

차례

오전에는 드라이와 커트 손님이 각각 두 명씩 있었고, 점심을 먹고 나자 미리 예약해둔 파마 손님이 왔다. 손님이 스타일북을 보며 어떤 파마가 어울릴까 고르는 동안 해미는 카운터에 있는 지현에게 가서 고객관리 문자를 보내라고 시켰다.

　해미의 미용실은 2년 전부터 새로운 고객관리 시스템을 도입해 운영하고 있었는데, 이전보다 매출이 크게 늘었다. 사람들은 자기 머리카락에 필요한 시술을 받기 위해 때맞춰 미용실을 찾는 일을 귀찮아했다. 요즘은 무엇이든 그랬다. 음

식점에서는 복잡하게 이것저것 골라야 하는 단품 메뉴보다 주방장이 '오늘의 특선'으로 정해 내주는 오마카세 메뉴가 각광받았다. 온라인 쇼핑몰에서도 일주일에 한 번, 혹은 두 번씩 큐레이터가 구색을 맞춰 선별한 과일과 채소 꾸러미를 배송해주는 서비스가 인기를 끈 지 오래였다. 사람들은 자신이 무엇을 원하는지, 자기 삶에 무엇이 필요한지 잘 알지 못했다. 그것을 숙고하는 데 들일 시간과 집중력과 에너지가 없었다. 타인이 선택을 하고 먹기 좋게 만들어 입에 직접 떠 넣어줘야 소비를 했다.

해미의 미용실은 머리를 하러 온 손님들에게 미리 30만 원의 예치금을 받고 개별 시술 금액을 할인해주는 선택지를 마련했다. 파마나 염색을 두 번 할 가격에 세 번을 해주는 것이었다. 거기에 시간이 지나고 머리가 자라고 먼저 했던 시술이 풀림에 따라 해야 할 다음번 관리—추가 커트, 두피 클렌징, 영양제 서비스, 뿌리 염색, 볼륨매직 파마—를 고객에게 직접 카카오톡으로 알려주는 서비스를 같이 제공했다. 알림톡 끝에 붙은 '예약

하시겠어요?'라는 링크를 누르면 바로 미용실로 전화가 연결됐다. 예치금이 비교적 목돈이어서 학생층의 이용은 적었지만, 아이 엄마들이나 중년 이상 고객층의 호응은 높았다.

손님의 머리를 감겨주면서 해미는 문득 그 손님을 떠올렸다. 사람을 둘로, 머리를 감겨줄 때 힘을 완전히 빼고 편하게 머리를 맡기는 사람과 그러지 않는 사람으로 나눈다면 그 손님은 후자였다. 언제나 온몸과 마음이 잔뜩 긴장해 있는 것처럼 보이는 사람이어서, 편하게 힘을 빼주세요, 라는 말을 몇 번이고 해야 했다.

그 손님이 안 온 지 얼마나 됐지? 해미는 문득 궁금해져서 카운터로 가 고객 정보를 확인해봤다. 아이와 함께 와서 마지막으로 염색을 하고 간 게 8개월 전이었다. 그동안 때맞춰 알림톡을 보냈지만 연락도 오지 않았고 길에서 지나가는 것도 본 적이 없었다. 머리가 빨리 자라는 편이었는데 다른 미용실에 다니는 걸까?

지독하게 말수가 없는 손님이었다. 일이 바쁜지 늘 토요일에만 미용실에 오던 사람. 올 때마다 모발은 심하게 손상되어 있었고, 때때로 집에서 문구용 가위로 아무렇게나 잘랐는지 앞머리가 뭉툭하고 짧은 다발이 되어 있기도 했다. 어린이집에 다니는 아이 이야기로 분위기를 띄워보려 했지만, 몇 번인가 해미가 대화를 시도해봐도 네, 혹은 아뇨, 식의 단답형의 대답만 돌아올 뿐 말이 잘 이어지지 않아서, 친해지는 일은 포기했다. 요즘에는 그런 손님들도 많으니까.

그 손님은 머리를 하는 동안 패션지나 스타일북을 넘겨 보지 않았다. 그런 것은 읽고 싶지 않다는 분위기를 온몸으로 확연하게 풍기며 늘 자기가 따로 준비해 온 책을 읽었다. 해미의 눈에는 제목도 표지도 너무 어려워 보이는 책들이었다. 구체적으로 무슨 직종인지는 알 수 없어도 지식 노동에 종사하는 사람일 거라는 판단이 섰다.

역시 그 책이 문제였나 봐, 해미는 손님의 머리에 파마 약을 바르며 생각했다. 그 손님이 마지막으로 왔을 때 해미는 책 한 권을 선물했다. 할레드 호세이니의 『천 개의 찬란한 태양』. 그것은 해미에게는 '인생 소설'이었다. 일이 바빠 독서라는 행위는 거의 할 시간이 없었고, 사실 책을 읽는 일에 별다른 재미도 느끼지 못했지만 해미가 1년쯤 전에 이례적으로 시간과 노력을 들여 끝까지 읽고 공감했던 책이었다. 책을 좋아하는 사람이니까 이 책도 분명히 좋아할 거야, 생각하고 제법 큰 용기를 내서 선물한 건데 역시 맞지 않았던 모양이다. 그 책이 그렇게 무시당할 만한 책인가? 그렇지 않았다! 절대로. 할레드 호세이니는 그런 대접을 받아도 좋은 작가가 아니지 않은가. 신간이 아니고 스테디셀러라서 싫었을까? 아니면 내가 추천해준 책이라서? 뭐, 별로였을 수도 있지. 하지만 다시는 안 올 만큼 그렇게 별로였을까?

해미는 뒤늦게 기분이 나빠졌다. 타인들을 향해 자신의 취향을 드러냈다가 머쓱해지는 일이 해미에게는 종종 일어났다. 화려한 꽃을 좋아하는 해미가 호접란이 가득 핀 화분을 미용실에 가져다 놓았을 때, 다른 실장들은 어머 예쁘긴 한데 꽃이 좀 야하다, 말하며 묘하게 웃었다. 의자마다 달려 있는 호피 무늬가 들어간 접이식 테이블과 재떨이도 비슷한 취급을 받았다. 그것은 미용실 리

모델링을 할 때 연차가 제일 높은 해미가 강력하게 제안을 해서 설치한 것이었다. 해미는 호피 무늬를 좋아했고, 흡연자였기에, 가끔 손님들 가운데서도 머리를 하면서 몇 시간씩 붙잡혀 있다 보면 편하게 담배 한 대쯤 피우고 싶은 사람들이 있을 거라고 생각했다. 하지만 미용실 사람들뿐 아니라 손님들도 그 재떨이를 보고는 뜨악해했다. 요즘 실내에서는, 아니, 실외에서도 다 금연 아닌가요? 하고 물었고, 실장님 호피 무늬 좋아하시나 봐, 아주 화려해서, 말하며 웃기도 했다. 자신의 감각이 다소 별나거나 시대에 뒤떨어진 것인지도 모른다는 생각을 해미는 그때 처음으로 했다. 호접란은 물을 잘 주지 않아서 말라 죽어버렸지만 호피 무늬 테이블과 재떨이는 그대로 있었다. 다음번 리모델링을 할 때까지는 아무도 사용하지 않은 채, 가끔 뜬금없는 놀림을 받아내면서, 그대로 있을 것이었다.

그럴 수도 있지. 그냥 안 맞는 거지, 나랑은. 그래도 그렇게 표를 낼 것까지야.

해미는 생각하며 앞에 앉은 손님의 머리카락을

기계에 연결했다. 타이머를 맞추고 스위치를 누르는데 입맛이 썼다.

*

빵이 먹고 싶어.

샤워를 하고 나와 티셔츠와 반바지를 걸쳐 입다가 은정은 문득 생각했다. 퍽퍽한 밀가루 맛이 입안 가득 느껴지는 스콘이 그리웠다. 스콘을 따뜻하게 데워 반으로 가르고 딸기잼을 발라 커피와 함께 천천히 먹고 싶었다. 시럽을 입힌 도넛을 베어 물고 온몸에 전류처럼 퍼지는 설탕의 힘을 느끼고 싶었다. 갓 구워낸, 앙금이 가득 든 단팥빵의 알 수 없는 든든함도 좋았다. 그것도 걸신들린 것처럼 먹어치우는 것이 아니라, 제대로 옷을 갖춰 입고 허리를 똑바로 펴고 자리에 앉아 조용한 음악을 들으며 한 입 한 입 차분하게 음미하고 싶었다. 하지만 빵을 파는 가게들은 이미 문을 닫은 시간이었고, 그보다도 그런 욕망을 느끼는 자신을 용납하기가 힘들었다. 빵이 먹고 싶다는 생각을 계속하면 집이 사라지고, 동네가 사라지고, 땅이 사라져 시커먼 공백 속으로 몸이 꺼져버릴 것 같았다.

은정은 식탁 위에 놓인 작은 바구니에서 반창고를 꺼냈다. 양쪽 엄지발가락 발톱 밑, 쌍둥이처럼 살갗이 까지고 피가 말라붙은 자리에 반창고를 붙였다. 터지든지 말든지 그냥 두자고 생각한 자신의 마음에 대답이라도 하는 것처럼 엄지발가락의 두 물집이 터져버린 것보다도, 이렇게 작은 상처도 상처라는 것이, 그것이 아프다고 느껴진다는 것이 신기했다. 몸의 신경들이 깨어 있고 자신에게 무엇이든 조치를 좀 취하라고 신호를 보내고 있다는 사실이 낯설었고, 이상했고, 무시해버리고 싶기도 했다. 아무도 이해할 수 없겠지만 그 감각이 너무도 같잖다는 생각이 들어 피식 웃다가, 다시 울고 싶어져서, 서둘러 샌들을 신었다.

은정은 한 달에 한 번 집에 돌아왔다. 옷이나 필요한 물건들은 거의 다 시가에 있었지만 한 달에 한 번은 집에 돌아와야 했다. 그래야 집이 죽어버리지 않게, 생명의 감각을 완전히 잃고 폐가 수준으로 시들어버리지 않게 할 수 있었다. 청소를 하고, 책장의 먼지를 닦아내고, 잠들어 있던 세탁기에 빨래를 넣고 돌리고, 건조대에 빨래를 널고, 욕실도 구석구석 락스를 뿌려 닦았다. 포트에 물을 끓여 싱크대 수챗구멍에 부었다. 여름이라 초파리가 번식할 수도 있었다. 사람이 없이 방치된 집에서는 기다림이 오래되다 못해 가벼운 원한 비슷한 것으로 변해버린 듯한 냄새가 났다. 이 집을 어떻게 해야 할까. 그만 정리해야 할까. 집주인의 통장으로 꼬박꼬박 월세를 입금할 때마다 그런 생각을 안 해본 것도 아니었다. 하지만 그 생각 끝에는 늘 죄책감과 불길함과 억울함이 따라붙었다. 아이는 깨어날 것이다. 깨어나서 이 집으로 돌아오고, 이 동네에서 학교에 들어갈 것이다. 그러니 이 집을 포기해서는 안 됐다. 먼지가 쌓이고 눅눅해지더라도 희망을 버려서는 안 됐다.

아이가 할아버지 할머니를 따라 교회 수련회에 간 것은 8개월 전 어린이집 겨울방학 때였다. 은정의 회사가 홍보를 맡고 있던 블록버스터 영화는 그 2주쯤 전에 개봉했는데, 초반 흥행 성적이 예상보다 좋지 않았다. 배급사의 압박을 받으며 전 직원이 침울해할 틈도 없이 이리 뛰고 저리 뛰고 있는데, 대표가 오랫동안 물고 늘어지고 있던 주연배우 내한이 뒤늦게, 그야말로 날벼락처럼 성사되었다. 주연이기는 했지만 국내에는 거의 알려지지 않은 신인급에 가까운 배우라 홍보 포인트를 잡기가 쉽지 않았다. 배급사에 요청해서 좋은 사진을 받아 뿌리고, 보도 자료도 급하게 새로 써야 했다. 극장들에 전화해서 GV를 잡고 진행자와 패널을 섭외하고 사인을 받아 배포할 굿즈를 따로 분류하는 동안 서균이의 겨울방학이 닥쳤다. 아이의 방학에는 보통 은정도 회사에 휴가를 내고 아이를 시가에 데리고 가서 일주일쯤 지내거나, 집에서 남편과 교대로 휴식을 취하며 돌보거나 했는데, 이번에는 도저히 그럴 상황이 아니었다. 짐을 싸 아이를 남편과 함께 시가에 보내면서 은정은 별다른 생각을 하지 않았다. 그럴 여유가 없었다. 집에 있으면 한시도 쉬지 못하게 하는 아이를 보내고 제발 조금이라도 눈을 붙인 다음 일하러 가고 싶다는 생각밖에는 없었다.

아이는 할아버지 할머니의 교회 형들과 누나들과 함께 눈썰매를 타러 갔다. 분명 점심때까지는 아무 문제가 없었다고 했다. 보드복을 빌려 입고, 고글을 쓰고 찍은 사진이 전송되어 왔다. 눈썰매장에서 세 시간 남짓 재미있게 놀았는데, 노는 동안에도 춥다거나, 몸이 좋지 않다거나 하는 말은 전혀 하지 않았다고 했다. 눈썰매가 뒤집어져 눈밭을 구르거나, 구석에 처박히거나 하는 사고도 없었다.

시부모님은 연로하셔서 같이 눈썰매를 탈 수 없었기에 숙소인 리조트에 들어가 계셨고, 교회 선생님들과 다른 어른들이 아이들의 인솔과 통제를 맡았다. 그런데 눈썰매를 다 타고 숙소로 돌아온 서균이가 갑자기 힘들어하며 주저앉더니 그대로 쓰러져 정신을 잃어버렸다. 수련회는 중단되었고, 아이는 근처 병원으로 옮겨졌다. 40도에서 멈춘 열은 어떻게 해도 내려가지 않았고, 감기나 폐렴으로 인한 일시적인 의식불명인 줄 알았던 상태가 하루가 지나도, 이틀이 지나도 그대로였다.

은정은 택시를 타고 병원으로 갔다. 병원에서는 처음에는 뇌수막염을, 그다음에는 가와사키병을 의심했으나 어떤 검사를 해도 맞는 병명이 나오지 않았고, 아이는 깨어나지 않았다. 수액을 맞으며 잠든 것처럼 숨을 쉬었으나 아침이 되어도, 다시 저녁이 되어도 눈을 뜨지 않았다.

며칠이 지나도 아이가 깨어나지 않자 시가에서 가까운 대학병원으로 옮기기로 했다. 또다시 검사가 이어졌지만 거기서도 뾰족한 답은 나오지 않았다. 불명열로 뇌 일부가 손상을 입긴 했으나 이렇게 의식이 없을 정도는 아니라고, 그럴 만한 이유가 없다고 했다. 은정은 믿을 수가 없었고, 받아들일 수가 없었다. 내가 지나치게 욕심을 부렸던 건가, 그렇게 생각할 수밖에 없었다. 원망할 사람이 없었으므로, 그곳에 아이를 보내지 않았더라면, 집에 데리고 있었더라면, 내가 일을 쉬었더라면, 하고 수없이 똑같은 질문을 자신에게 던질 수밖에 없었다. 회사에는 휴직 신청을 했다. 그러나 부부 두 사람이 마냥 일을 쉬고 있을 수만은 없어서, 남편은 회사로 복귀했고 시가에서 출퇴근을 했다.

아침부터 밤까지 병실에 붙어 간병을 하는 사이사이, 은정은 보호자 침상에 누워 잠을 잤다. 기운이 다 빠져나가 꼿꼿하게 허리를 세우고 앉아 있기가 힘들었다. 눈앞의 현실을 감당할 수가 없어서 자꾸만 잠으로 도피하게 되었다. 그러다 간호사가 오거나 다른 환자들의 간병인이 와서 깨어날 때가 있었는데, 그럴 때면 누구와 눈이 마주쳐도 자신이 몹시 한심하고 잘못된 사람처럼 느껴졌다. 아이가 저러고 있는데 엄마는 침을 흘리며 잠을 자네, 그런 소리가 들려오는 듯했다.

회사에서는 다음 영화를 개봉시켰고, 직원들은 열심히 일을 하고 있었다. 아이의 어린이집에서는 새 학기가 시작되어 백합반 아이들이 모두 튤립반이 되었다. 세상은 큰 문제 없이 굴러가고 있었다. 서균이만 쏙 빠져 있었다. 서균이만, 수액을 맞고 코에 끼워진 호스로 음식물을 주입받으면서, 잠들어 있었다. 욕창이 생기지 않게 몸을 닦아주면서 은정은 쉴 새 없이 아이에게 말을 걸었다. 서균아 봄이야. 밖에 벚꽃이 피었어. 너 전에 엄마

아빠랑 벚꽃 구경 갔었잖아? 서균이는 그때 솜사탕이 먹고 싶다고 했는데 파는 데가 없었지. 엄마가 바보같이 사주질 못했네. 아이는 그 말들을 다 들으면서 아무 대답도 해주지 않는 것 같았다.

딱 한 명만 있었으면, 은정은 종종 생각했다. 친구가, 마음을 터놓을 곳이 딱 한 군데만 있었으면. 돌아가신 아버지에게라도, 자기가 누군지조차 잊은 채 요양원에 계신 엄마에게라도 전화를 걸어 말을 하고 싶었다. 회사에서 은정은 아이 이야기를 거의 하지 않았다. 그럴 만한 여유도 없었거니와—팀장인 은정은 거의 매일 정장을 입고 외근을 나가 사람들을 만나고 명함을 돌리고 계약을 따내고 행사를 진행해야 했다—, 아이 이야기라는 행위가 몹시 부조리하고 어울리지 않게 여겨지기도 했다. 그런 압박감이 사무실 전체에 흘렀다. 은정의 일은 아이에게 정신을 반쯤 떼어놓고는 제대로 해낼 수 없는 종류의 일이었다. 빈틈을 보였다가는 금세 다른 사람으로 대체될지 모른다는 위기감이 늘 은정을 따라다녔고, 입을 다물게 만들었다.

이럴 줄 알았으면 엄마들을 친구로 사귀어둘 걸, 하는 생각은 부질없는 데다 또 다른 죄책감을 불러일으킬 뿐이었다. 가끔 놀이터에서 같은 어린이집에 다니는 아이 엄마들을 만나도 은정은 가벼운 목례 정도만 나눴을 뿐 살가운 대화 한번 한 적이 없었다. 은정의 손에는 언제나 책이 들려 있었다. 아이가 작았을 때는 아기 띠를 메고 책을 한 손에 든 채 놀이터를 걸어다니면서 읽었고, 아이가 어느 정도 자란 다음에는 밤늦게 미끄럼틀을 타는 아이 모습을 건성으로 좇으면서 휴대폰 불빛에 의지해 읽었다. 서균을 갖고 배 속에서 태동이 커져가는 걸 느끼면서 은정은, 절대로 커리어를 놓지 않겠다고, 또한 절대로 세상과의 끈을 놓아버리고 '무식한 아이 엄마'로만 남지 않겠다고 몇 번이나 결심했고, 그 결심을 그대로 실천에 옮겼던 것이다. 시간은 늘 부족했고, 홍보마케팅을 하려면 요즘 사람들의 관심사와 감각을 알아야 했으며, 나름의 깊이도 갖춰야 했다. 영화만으로는 부족했다. 은정은 사람들이 읽는 책들을 열심히 읽었다. 어떤 텍스트를 쓴 어떤 저자를 섭외

딱 한 명만 있었으면,
은정은 종종 생각했다.

친구가,

마음을 터놓을 곳이
딱 한 군데만 있었으면.

해 홍보에 활용할 수 있을지 항상 신경을 곤두세
워야 했다.

어린이집에 마지막으로 전화했을 때, 은정은
서균이가 아직 깨어나지 않아서요, 말하며 울어
버렸다. 엄마들 사이에서 어떻게 소문이 돌았을
지 알고 싶지 않았다. 어쩌면 소문 같은 건 돌지
않았을지도 모른다. 모두들 걱정하며 말을 아끼
고 있을 수도 있었다. 하지만 누구라도, 누구 한
아이의 엄마라도, 인사치레로라도 갑작스레 전
화를 걸어, 많이 힘드시지요? 서균이는 좀 어떤
가요? 하고 말을 걸어준다면 좋을 텐데. 우정이
라는 적금을 필요할 때 찾아 쓰려면 평소에 조금
씩이라도 적립을 해뒀어야 했다. 은정은 그런 적
립을 해둬야 한다는 생각도, 자신에게 도움이 필
요할 거라는 예측도 하지 못했다. 그런 식의 적립
과 인출이 너무도 부자연스럽다고, 노골적인 이
해관계나 다를 것 없다고 생각했고, 그렇게 친분
을 쌓는 사람들을 남몰래 폄하했다. 학부모가 되
면 더하다는 말을 들었다. 아이가 도태되거나 정
보에서 소외되는 것을 예방하기 위해 옷을 잘 차

려입고 학부모 총회에 나가고, 굳이 친해지고 싶지 않은 엄마들과도 모임을 만든다고들 했는데, 은정은 그런 작위적인 인간관계에 거부감이 느껴졌다. 얻을 것을 염두에 두고 사람을 만나 웃어 보이는 일은 회사에서 충분히 하고 있었으므로, 아이 엄마들하고까지 그렇게 하기는 싫었다. 반드시 그렇게 해야 한다면 그건 공교육의 실패일 테고 은정은 그 실패에서 비롯되는 부차적인 노력을 떠맡고 싶지 않았다. 자신에게는 그런 관계를 통해 얻을 것도 줄 것도 별로 없었다. 인간으로서 필요한 감정의 교류는 남편과 아이에게서 충족하면 되고, 정보는 책과 인터넷에서 얻으면 그만이었다.

8개월이라는 시간은 견고해 보이던 것들이 삭아서 점점 구부러지다가 허리가 뚝 끊어지게 만들기에 충분했다. 절대로 변하지 않을 거라 믿었던 남편의 온화한 성정도 깨어나지 않는 아이 앞에서는 변했다. 남편은 어느 날인가부터 저녁 시간에 병원에 오는 대신 늦게까지 회사 사람들과 술을 마시기 시작했다. 함께 있을 때면 자학을 하는 건지 은정을 비난하는 건지 알 수 없는 넋두리를 혼잣말로 늘어놓다 말다툼이 시작되는 일이 잦았다. 그 역시 힘들 수밖에 없겠지만 제발 보이지 않는 곳에서 혼자 힘들어해 주었으면, 은정은 바랐다. 시부모님은 이틀에 한 번 꼴로 교회 사람들을 데리고 찾아왔다. 통성기도 끝에 저희 집 며늘아이가 아직 교회에 나가질 않아서, 라는 시어머니의 원망스러운 중얼거림이 따라붙기를, 그리고 누군가의 입에서 욥의 믿음 이야기가 나오기를, 은정은 자신도 모르게 기다렸으나 아무도 그런 말은 하지 않았다. 모두가 자신의 표정을 신경 쓰며 조심하는 분위기 속에서 은정은 미워할 사람을 찾아 헤맸으나 찾을 수가 없었다. 기도가 끝나면 은정은 사람들로 가득한 병실을 빠져나가 병원 근처를 몇 바퀴나 돌며 걷곤 했는데, 어느새 그 행위가 몸에 붙어버렸다.

시가에서도 모두가 잠든 밤에 대문을 열고 나가 동네를 걸었고, 한 달에 한 번 집에 와서도 오랜만에 보는 밤의 동네를 걸었다. 발가락에 물집이 잡히고, 터지고, 그 자리가 흔적 없이 낫고, 또

다른 발가락이 부어오를 때까지 제 몸을 의식하지 못한 채 걸었다. 걷고 있으면 숨이 쉬어졌고 땀이 흘렀고 다른 사람들 앞에서는 흘릴 수 없던 눈물도 편하게 흘러나왔다. 아무에게도 할 수 없던 말들이 입에서 쏟아져 나왔다. 그 말들은, 내가 무엇을 그렇게 잘못했나요?일 때도 있었고, 하나님, 하나님아, 나는 너한테 안 져, 안 진다고, 일 때도 있었다. 그러다 다시 잘못했습니다, 제가 잘못했어요 하나님, 저를 대신 아프게 해주세요, 서균이를 살려주세요, 가 되기도 했다. 혜성이 엄마 내가 잘못했어요, 어떻게 지내세요, 미안해요, 가 되었다가—혜성이네는 1년 전 크게 사기를 당해 집안 사정이 나빠졌고, 그 일로 혜성이는 어린이집을 그만두고 할머니 댁으로 가게 되었으며, 그 뒤로 은정은 아무런 소식도 듣지 못했다. 어린이집 엄마들 모두 시간을 내 혜성 엄마를 찾아간다고 했을 때 은정은 회사 일 때문에 그 자리에도 빠졌던 것이다—, 왜 나만 일을 쉬어야 해? 왜 나만 병원에 있어야 해? 야 네 애가 저렇게 누워 있는데 너는 병원에 오는 게 그렇게 귀찮니?가 되기도 했

26

다. 하루 종일 억누르고 있던 말들이었다. 원색 크레파스로 아무렇게나 북북 그어놓은 듯한 날것의 감정들, 지하철에서 흔히 보이는 광인들의 것이라고만 생각했던 초점 없는 혼잣말과 욕설이 은정의 입에서 방언처럼 줄줄 새어 나왔다.

편의점을 지나고 어린이집을 지나 건널목을 건너 분식집과 안경점을 지나고 옆 동네로 갔다가 다시 돌아오는 길에, 미용실 앞에서 은정은 잠시 멈춰 섰다.

불이 꺼진 미용실 건물 외벽에는 커다란 전신 거울이 붙어 있었다. 자신의 모습을 비춰 보고 관리의 필요성을 느낀 고객들이 머리를 하러 들어오라고 설치해둔 것이었다. 은정은 거울을 들여다보았다. 엉망으로 길어져 흐트러진 머리, 티셔츠에 반바지를 입고 다리를 절뚝이며 다가오는, 혼자만의 긴 싸움에 지친 여자가 거기 있었다. 누군가가 머리를 감겨주었으면 좋겠다고 은정은 생각했다. 긴 의자에 누워 목의 긴장을 풀고, 머리채를 편하게 맡기고, 따뜻한 물줄기와 부드러운 손가락의 감촉을 두피에 느끼고 싶었다. 영양제 서

27

비스로 넣어드릴게요, 라는 말을 듣고 싶었다.

*

죽집에서 낙지김치죽 한 그릇을 포장했다. 실장님의 집은 미용실에서 세 블록 떨어진 곳에 있었다. 함께 일한 지 벌써 3년째였는데 집에 찾아가는 건 처음이었다. 나 지금 뭐 하지? 건물에 붙은 번지수를 확인하면서 지현은 자신에게 물었다. 건물 앞에서 담배에 불을 붙였다. 턱이 덜덜 떨려서 담배도 같이 떨렸다.

몸살이라고, 한 이틀만 쉬면 될 것 같다고 했지만 실장님은 결국 출근하지 못하고 일주일을 통으로 쉬었다. 월요일에는 틀림없이 나오겠다고 했으니 그때 말할까 하다가 지현은 마음을 바꿨다. 실장님은 힘없는 톤으로 골골거리다가 지현의 말을 듣고는, 뭐? 집에까지 찾아오겠다고? 하고 갑자기 앙칼진 목소리로 쏘아붙였다. 너 그렇게 다정한 애였냐? 왜 안 하던 짓을 하고 그래? 하고 물었다. 아뇨, 다정한 애는 아니고요, 그냥 드릴 말씀이 있어서요, 지현은 무뚝뚝하게 대답했다.

실장님은 혼자 사는 줄 알았는데, 집에는 웬 험상궂은 인상의 남자가 있었다. 상당히 덩치가 컸다. 문을 열어주고 지현이 들어오는 것을 본 그는 서둘러 옷을 걸치고 나가버렸다. 방에 이불을 덮고 누워 있던 실장님은 주섬주섬 몸을 일으켜 앉으며 조금 민망해하는 표정으로 TV를 껐다.

—내 남자친구 못생겼지?

—아뇨, 뭐.

—못생긴 거 나도 알아. 그런데 착해서 데꾸 사는 거야.

아 네, 지현은 감흥 없이 대답했다. 방 안 공기가 어색해졌다.

지현은 해미 실장님을 상사로 존경했다. 미용실 실장님들 가운데 가장 실력이 뛰어났고, 성격도 쾌활하고 호탕했다. 손님들과 죽이 잘 맞았고, 죽이 맞지 않는 손님들과는 적절한 거리를 유지하며 잘 지냈다. 미용실에 들어와 지현이 처음으로 해미 실장님에게서 받은 가르침은 '손님에게 불필요한 말을 하지 말 것'이었다.

—손님을 평가하지 마, 절대로. 머릿결이 많이 상하셨네요, 피곤해 보이시네요, 여기 목뒤에 뭐가 나셨어요, 피부가 안 좋으시네요, 이런 말 절대 하지 마. 손님들이 자기 상태를 모를 것 같니? 다 아는데 좀 나아지게 하려고, 기분이 조금이라도 좋아지려고 미용실에 오는 거잖아. 그런데 머리 하러 와서까지 그런 말을 들어야겠니? 그렇게 무신경할 거면 이 일 하지 마, 아예.

실장님은 정말 그런 종류의 말을 절대 하지 않았고, 그래선지 손님들은 실장님을 좋아했으며, 다른 실장님들은 종종 질투를 했다. 해미 실장님이 예전에 '좀 놀았다는' 이야기를 지현은 지나가는 말로 여러 번 들은 적이 있었다. 남자가 많았다거나, 미용 일을 하기 전에는 물장사를 했다는 소문이 있다거나, 그런 이야기였다. 그런 이야기를 할 때 실장님들의 목소리는 낮아졌고, 눈빛은 미묘해졌으며, 표정은 비열해졌다. 마치 대단한 비밀이라도 주고받는 것처럼, 사실인지 아닌지 확인할 길도 없으면서 험담을 하는 그들을 보며 지현은 환멸을 느꼈다. 왜 유능한 여자는 항상 이런 식으로 절구 속에서 마늘처럼 빻아지고 마는 걸까? 다 큰 어른들이면서 왜 동료를 저런 식으로 모함하는 걸까? 물장사를 했으면, 그랬으면 뭐 어쩌라고? 신뢰할 수 없는 사람들이라고 지현은 생각했고, 신뢰하지 않기로 했다. 해미 실장님만 믿고 따르기로 마음먹었다.

그런데 해미 실장님은 또 어째서, 나를 보자마자 묻지도 않았는데 자기 남자친구를 변호하지 못해 안달인 걸까? 지현은 가벼운 실망을 느꼈다. 지난 몇 년간 의식적으로 학습해 체화한 실망이었다. 그런 실망이 지금은 무거운 마음을 몰아내는 데 약간은 도움이 되었다.

—어디가 편찮으신 거예요?

—그냥 몸 여기저기가. 여자는 나이가 들면 몸 여기저기가 그냥 좀 아파. 할 얘기가 있다는 건 뭐니?

숟가락으로 죽을 열없이 저으며 실장님이 물었다. 일주일이나 앓았다면 가벼운 건 아닐 것 같은데. 지현은 잠시 망설이다가, 저기 그 손님 있잖아요, 아기 엄마요, 실장님이 저번에 책 주신 분, 하

31

고 말을 꺼냈다.

—그분이 왜?

—수요일 날 낮에 오셨거든요, 미용실에. 실장님 찾으시길래 몸이 아파서 결근 중이시라고 했더니, 이렇게 전해달라고 하셨어요. 그 책, 읽기 시작하셨대요. 아이가 아파서 최근까지 못 읽다가 이제야 읽기 시작했다고요.

—아이가 아프대?

—네.

—어디가 어떻게 아프대?

지현은 윗니로 아랫입술을 물었다. 어디서부터 어디까지 말하면 좋을까. 아니 어디서부터 어디까지 말할 수 있을까. '몸 여기저기가 그냥 좀 아프대요' 하고 넘어갈까. 하지만 그런 식으로 넘어갈 수 없었기 때문에 여기까지 온 거였다. 수요일 밤부터 지금까지 지현은 식욕이 없었다. 밥을 먹기는 했지만 흙덩어리를 씹는 기분이었다. 위장 속에서 살아 있는 새 한 마리가 내내 파닥거리고 있는 것 같았다. 지현이 자신의 잘못이 아니라고 생각할수록 그 새는 더 세게 날개를 파닥거렸다.

그 손님은 늘 피로해 보였다. 8개월 전 마지막으로 미용실에 온 날은 어린 아들과 함께였는데, 그날은 다른 날보다도 몇 배쯤 피곤해 보였다고 지현은 기억했다. 그날 그 손님은 머리를 전체적으로 다듬은 뒤 갈색으로 염색을 했고, 아들은 커트를 했다. 당연히 아들의 커트가 먼저 끝났고, 엄마의 휴대폰을 가지고 놀다가 거기에도 싫증을 느낀 아이는 미용실 여기저기를 돌아다니며 심심해! 심심하다고! 하고 징징거리기 시작했다. 원래도 말수가 적은 엄마는, 아이를 조용히 시켜줄 거라는 지현의 기대가 무색해지도록 그날도 입을 꾹 다물고 앉아 자기가 가져온 책을 읽다가 졸다가 하고 있었다.

지현은 아이들을 별로 좋아하지 않았다. 오빠가 결혼을 하고 아이를 낳자 부모님의 태도가 확 달라지는 것을 본 뒤로는 더욱 그랬다. 그전까지 부모님에게 오빠는 칠칠치 못한 놈, 주말이면 방구석에 처박혀서 게임이나 하는 놈, 부모 생각은 조금도 안 하는 놈에 불과했다. 하지만 결혼해 아이 아빠가 된 오빠 앞에서 부모님은 완전히 다른 신분의 인간을 대하는 것처럼 설설 기었다. 해달라는 것은 뭐든 해주었고, 갑자기 그전까지의 불화를 모두 청산한 것처럼 헤헤 웃었다. 방 세 개짜리 아파트로는 모자랐는지 차까지 뽑아주었고, 거기에 더해 냉장고까지 새로 해주려고 들었다. 지현이 독립하겠다고 했을 때는 단돈 100만 원도 보태줄 수 없다고, 서러우면 빨리 남자친구 만들어서 데려오라고 잘라 말했던 사람들이었다.

애가 딸이었으면 달랐을 거라고 바람은 말했다. 집안에 아들이 생기면 다들 뇌 구조가 달라져버리는 거예요, 그렇게 말하며 차갑게 웃었다.

지현은 뉴스를 보다가 불법촬영 편파수사를 규탄하는 집회가 열린다는 사실을 알게 되었다. 일하는 동안에는 인터넷을 할 시간이 거의 없어서 일이 끝나고 집으로 돌아와 뉴스와 글들을 꼼꼼히 읽었다. 친구가 생각났다. 미진이. 지금은 연락이 끊긴 대학 동기. 그 애가 불법촬영 피해자였다. 지현은 미진에게 아무런 도움도 주지 못했다. 어떻게 해, 정말 어떻게 하면 좋니, 그렇게 발만 동동 굴렀다. 휴학을 하고 정신과에 다니기 시작한 미진을 만나 이야기를 듣다가, 지현은 어느 순간 연락을 그만둬버렸다. 친구가 감당하고 있는 정신적 무게를 같이 짊어지기가 버거워서 손을 놓아버렸다.

그 친구는 지금 뭘 하고 있을까. 왜 그 애의 헤어진 남자친구는 사이트에서 발견한 모텔 영상을 지워야 한다면서 자기 돈은 한 푼도 쓰지 않고 미진이에게만 돈을 보내라고 했을까? 그 영상은 정말 지워졌을까? 실은 그자가 팔아놓고 돈을 뜯어간 게 아닐까? 그런 영상이 있기는 했을까? 있었어도 문제, 없었어도 문제였다. 어떤 것도 개운하게 해결되지 않았다. 지현은 순전히 그 친구 때문에 집회에 나가기 시작했다. 그래야만 과거의 자신이 조금이라도 용서될 것 같았다. 살아는 있을까? 어떻게 된 거 아닐까? 광장에 모인 빨간 옷의 사람들을 볼 때마다 자신도 모르게 그 친구를 찾아 인파 속을 훑었다. 울컥거리는 마음을 다스리기가 어려웠다.

세 번째 집회에서 지현은 바람을 만났다. 우연히 옆자리에 앉았는데, 그다음 집회에서도 우연히 가까운 곳에 앉게 되어 눈인사를 나누었고, 같이 구호를 외치다가 집회가 끝난 뒤에 가볍게 맥주를 한잔하게 되었다. 바람과 함께 온 다른 사람들도 합류했다. 집회에서는 친목이 금지되어 있었으므로 티는 내지 않았지만, 그들은 그 뒤로 종종 만나 밥을 먹는 사이가 되었다.

그럼에도 지현은 자기가 무슨 일을 하는지 바람과 그 친구들에게 사실대로 말하지는 못했다. 그냥 회사에 다닌다고 얼버무렸다. 탈코르셋 운동이 시작된 뒤로 더 이상 화장에 관한 콘텐츠를 올리지 않겠다고 선언한 뷰티 유튜버가 있었다. 메이크업 아티스트를 꿈꾸다가 진로를 바꾸는 학생들도 있었다. 지현은 그렇게 할 수 없었다. 헤어디자이너는 오랫동안 지현이 꿈꾸던 외길이었고, 아무도 응원해주지 않았지만 혼자서 눈물나게 노력해 드디어 얻어낸 자랑스러운 이름이었다. 하지만 그 이름이 어느 순간부턴가 조금씩 자랑스럽지 않아졌다. 머리를 자르는 일, 단백질을 먹고 소화시켜 머리카락으로 바꾸는 인간이라면 누구에게나 필요한 그 일 자체에는 잘못이 없었다. 그건 틀림없었다. 하지만 그 외의 시술들이 갑자기 낯설고 이상하게 생각되기 시작했다. 이 거대한 산업의 어디까지가 여성들에게 꼭 필요한 일이고, 어디서부터가 여성을 아름다움에 억지로 묶어 자유를 빼앗는 일일까. 지현은 구분할 수가 없었다.

매번 손님들에게 톡을 보내 영양제 서비스를 받고 계절이 바뀌었으니 최신 유행 스타일의 파마를, 염색을, 헤어매니큐어를 하라고 권할 때마다 지현의 내면은 분열되었다. 한쪽에는 지금 머릿속을 채우고 있는 것이 말도 안 되게 지나친 생각이고, 자신이 하는 일이 부끄러워할 필요가 전혀 없는 순수한 작업이며, 하나의 예술이기도 하다는 자긍심이 있었다. 하지만 다른 한쪽에는 자괴감이 있었다. 미용실에 커플끼리 온 사람들을 볼 때면 자괴감 쪽이 커졌다. 전에는 보이지 않던 것들이 보이게 되어버려서 지현은 괴로웠다. 왜 이렇게 많은 여자들이 함께 온 남자친구의 허락을 받아야 긴머리를 짧게 자를 수 있다고 생각하는 것일까. 남자들은 대체로 안 된다고 했고, 그러면 여자들은 그냥 머리끝을 다듬거나 귀여워 보이는 파마를 하는 것으로 만족하고 돌아갔다.

가끔씩 운동에 동참하려는 것처럼 보이는 사람들이 올 때도 있었다. 그럴 때면 지현은 기뻤고, 어떻게 하면 티 나지 않게 인사를 건넬 수 있을까 고민하다가 결국 인사를 건네지는 못했지만, 그럼에도 자신이 중요한 일을 하고 있다는 생각을 할 수 있었다. 누군가는 미용실에 서서 커트를 해주어야 한다. 집회에서도 삭발을 해줄 사람이 필요하지 않았던가. 나는 잘못된 게 아니다. 지현은 그렇게 생각하려고 했다. 하지만 그다음에는 또 다시 내가 이 업계에 있는 것이 맞는가, 하는 생각이 강박처럼 따라붙는 것이었다. 여자들은 머리에 많은 돈을 썼다. 너무 많은 돈을 쓰고 불필요하게 많은 시간을 소비했다. 너무 심하게, 아름다워지고 싶어 했다. 그것이 자신의 직업인데도, 지현은 이미 그렇게 생각하는 사람이 되어 있었다.

아무에게도 말할 수 없고 이해받을 수도 없는 그런 분열과 자괴감 때문에 지현은 다른 사람들, 말하자면 바람 같은 사람들과 약간의 거리를 두게 되었다. 기혼 여성이나 트랜스젠더들에 대한 그들의 날 선 의견 역시 그대로 받아들이지 않고 조금 떨어진 곳에서 바라보게 되었다. 자신은 무리에 낄 수 없다는 생각 때문이었다. 생각이 다른 부분도 있었다. 여러 개의 생각들을 사람들이 세트로 묶어 한꺼번에 받아들인다고 해서 자신도 그렇게 할 필요는 없다고 지현은 결론을 내렸다. 화장을 하는 사람들에게 화장을 하지 말자고 설득하거나 지현이 정확히 어떤 사람들인지조차 잘 모르는 MTF들에게 당신이 여자인 걸 증명해보라고 하는 것보다는 불법촬영 근절 의제에 집중하는 것이 지현에게는 좀 더 시급하고 중요한 일로 생각되었다. 범죄자들에게 제대로 된 처벌을 받게 해야 했다. 그것보다 중요한 일이 어디 있을까? 어째서, 이렇게 많은 여자들이 살기 위해 모여서 목소리를 내고 있다는 사실은 아무도 알아주지 않고, 결코 단일한 집단이 아닌 그들을 끝끝내 단일한 혐오 집단으로 몰려는 사람들만 이렇게 많은 것일까? 애써 수면 위로 끌어올린 의제를 물거품으로 만들어서는 안 됐다. 지현은 집회에 나갔지만 그 집회를 둘러싸고 일어난, 여자들끼리 하는 싸움에 끼지는 않았다. 그런 건 소모적으로 보였다. 자신이 왜 광장에 나가는지 지현은 알고 있었다. 설령 여자들에게 불필요하고 비싼 파마를 수시로 권하는 사람이라고 해도 말이다.

참 큰일이네, 원인을 모른대? 어떻게 그런 일이 있을 수가 있지, 실장님은 안타까운 표정으로 중얼거리다 지현의 얼굴을 보았다.

—너 왜 그래?

—네?

—왜 그렇게 울 것 같은 표정을 하고 있느냐고.

그날 그 아이가, 지현은 너무 얄미웠다. 그 아이는 어른들의 말을 조금도 듣지 않고 계속 괴성을 질러대며 뛰어다녔다. 참다못한 실장님이 너 조용히 안 할래? 하고 웃으며 경고하자 겨우 여섯 살인가 일곱 살밖에 안 된 그 아이는 실장님을 향해, 뭐래? 이 아줌마가. 내가 왜 조용히 해야 되는데? 하고 눈을 부라리며 대들었다. 지현은 점점 화가 났다. 아이가 그렇게 난리를 피우는데도 아이 엄마는 피로한 표정으로 눈을 감은 채, 서균아

하지 마, 하지 말라고 했어 엄마가, 하고 힘없이 말할 뿐이었다. 왜 저래? 왜 자기 아이를 통제하지 않는 거야 도대체? 여기가 자기 집 안방이야? 지현은 입술을 물었다. 아이가 이리저리 걸어다니다 염색약이 든 통을 탁 쳐서 엎질렀을 때에야 아이 엄마는 자리에서 일어나 소리를 치며 아이의 엉덩이를 때렸다. 바닥에 엎어진 염색약을 문질러 닦은 후 지현은 휴대폰을 들고 화장실로 갔다. 트위터 앱을 열고 글자를 탁탁탁탁 두들겼다.

그때 자신이 뭐라고 적었는지, 지현은 수요일부터 오늘 아침까지 몇 번이고 떠올리려고 애썼다. 트위터를 켜서 검색하면 거기 그 말들이 있을 텐데, 휴대폰을 집어들고 그렇게 하려고 해도 할 수가 없었다. 근육과 신경 전체에 힘이 빠진 것처럼 팔이 스르륵 늘어졌다. 토할 것 같았다. 내가 뭐라고 썼지. 지현은 화가 나서 폭발할 것 같은 상태일 때 주로 트위터를 했고 자신이 쓴 말들을 돌아보지 않았다. 유충, 재기해, 죽어, 유병장수, 분명 그런 말들 중 하나였을 것이다. 그때 지현은 그런 말들을 연습하고 있었다.

왜 내가 이런 더러운 기분을 느껴야 해. 이건 부당해.

그렇게 생각했지만 그 기분을 털어낼 수가 없었다. 그게 이렇게 오래 지속될 줄은 몰랐다.

—뭐라고 썼는데, 지현아.

—그게, 잘 모르겠어요. 못 보겠어요.

—찾아서 읽어봐.

—네?

—혼자서 못 보겠으면 내가 옆에 있을 때 읽어보라고. 너 너무 힘들어서 온 거잖아, 지금.

—너무, 웃기잖아요. 이런 것 때문에 제가 왜 이러는지 모르겠어요.

—너무 웃긴 일들 때문에 사람이 살기도 하고 죽기도 하고 그래. 말을 못 해서 그런 거야. 말이라도 하면 좀 나아.

실장님은 그렇게 말하고 지현의 등을 손으로 쓸었다. 지현은 반쯤 웃으면서 숨을 몰아쉬었다. 트위터 앱을 열고, 검색을 했다.

—뭐라고 쓰여 있니?

처음에는 '할많하않'이라고 쓰여 있었다. 그다

음 트윗에는 '제발 공공장소에서 자기 애 좀 잘 챙겨…… 하 진짜. 내가 멍청하게 아직까지 도덕 코르셋 못 벗어서 막말은 차마 못 하겠는데 속이 터진다 ㅅㅂㅅㅂ'이라고 쓰여 있었다.

―도덕 코르셋이 뭐니?

지현은 숨을 길게 내쉬었다. 이런 말을 하면 안 된다고, 잘릴지도 모른다고 생각했지만, 이미 늦어버렸다. 실장님은 천진한 얼굴로 물었고, 지현의 입에서는 그냥 말이 나와버렸다. 미러링에 대해서. 아무도 대신해주지 않는 싸움을 하면서 맨 앞에 서서 머리 풀고 욕설을 하며 미친 사람들처럼 화를 내는 여자들에 대해서. 자신도 거기 소속되고 싶었지만, 자신이 그런 말들을 잘 쓸 수 없다는 걸 깨달았던 일에 대해서.

―그래서 부끄러웠니? 소속될 수 없어서.

―잘 모르겠어요. 마음이 반반이었던 것 같아요.

―어쨌든 너는 그렇게 심한 말을 하진 않았네. 그, 도덕 코르셋이라는 것 때문에?

―…….

―지금도 부끄러워?

—모르겠어요.

그냥 아무래도 지금은 기분이 이상하네요, 지현은 겨우 중얼거렸다.

—어딘가에 속하기 위해서 일부러 악의를 품으려고 노력할 필요는 없어.

—하지만 그런 말들이 진짜 악의는 아니에요. 그건 그냥 거울 이미지예요. 전략적인 위악이라고요. 똑같이 당해보지 않으면 어떻게 느끼는데요. 남자들은 때리고 죽이고 강간하고, 여자들은 겨우 말이나 한다고요.

—하지만 넌 지금 그 아이 때문에 힘든 것 같은데.

—그 아이가 걱정되는 건 아니에요. 그냥 죄책감을 벗고 싶은 것뿐이에요. 제가 이걸 느껴야 되는 이유가 없잖아요. 그렇게 착한 사람도 아닌데.

—어휴, 착한 사람인 게 왜 부끄러워해야 하는 일인지, 나는 모르겠다.

착한 사람이어서 아무것도 못 했거든요. 제 친구가 그렇게 힘들어하는데, 저는 그냥 손 놓고 있었다고요. 제가 그렇게 처음부터 끝까지 빌어먹

게 얌전하고 착한 인간이기만 해서요, 유포한 새
끼를 찾아서 대신 지랄이라도 했어야 했는데, 지
현은 말하고 싶었다. 하지만 입을 다물었다. 이제
는, 미용실 그만둘까, 하는 생각만 났다. 이런 것
까지 털어놓고 어떻게 계속 다니지.

네가 그런 거 아니야, 네 잘못이 아니야, 너랑은
아무 관계가 없어, 실장님은 말했다. 뻔하고 착한
말들이었다. 아무것도 바꾸지 못하는 말들. 그러
나 그 말들에 효용이 없다면, 그런 말들로 이루어
진 세계가 아무 문제도 해결하지 못한다면, 나는
왜 지금 울고 싶을까, 지현은 생각했다.

그 손님이 미용실에 오지 않게 되자 지현은 안
도감을 느꼈다. 그러나 손님은 결국 다시 왔고, 지
현에게 머리를 잘라달라고 했다. 그러고는 지현
이 가위를 움직이는 동안, 허공을 향해 아무도 묻
지 않은 긴 이야기를 꺼내며 눈물을 흘렸다.

—저, 속으로는 아마 어떻게 돼버리라고 생각
했을걸요. 그랬던 것 같아요.

—속으로는 나도 별생각을 다 하지만, 입 밖으
로 내고 안 내고는 큰 차이야. 너는 네가 도덕적이

어서 부끄러운 거니, 더 도덕적이지 못해서 부끄
러운 거니?

모르겠고 둘 다 싫어요, 지현은 말하려다 입술
을 씹었다.

기도를 하자, 실장님이 말했다.

—기도요?

순간 지현은 웃어버릴 뻔했다. 진짜 돌아버리
겠네, 생각했다.

—너 종교 있니. 나는 없거든.

—저도 없는데요.

—내가 예전에 삶이 좀 고통스러워서 교회에
다니려고 한 적이 있었거든. 그런데 다니려면 담
배를 끊어야 한다고 해서 관뒀어. 우리 이렇게 하
자. 우리를 헤어디자이너가 되게 해주신 미용의
신한테 기도하는 거야. 그 신은 아름다움을 아는
신일 테니까 분명히 여자겠지. 여자라면 여자의
기도를 들어주겠지. 그 아이가 깨어나게 해달라
고, 깨어나서 다시 머리를 자르러 오게 해달라고
하자. 그래야 왜 그렇게 버릇없는 말투를 쓰면 안
되는지 가르쳐주고 다시는 그런 일이 없게 할 수

있잖아. 우리가 우리 일에 집중할 수 있게 걱정을
덜어달라고 하자. 자, 이제 눈을 감고, 기도하자.

지현은 결국 입술을 비틀며 조금 웃었다. 하지
만 그 투박하고 유치한 말들을, 여자를 아름다움
과 곧바로 이어버리는 직선을, 실장님 특유의 높
고 들뜬 목소리를, 비웃고 싶은 마음보다 고맙다
는 마음이 지금은 더 컸다. 너무 많은 말을 해버렸
고, 바닥을 보여버렸고, 해서는 안 되는 이야기까
지 해버렸는데. 그런데도 묵묵히 들어주었다. 실
장님의 감은 눈과 부은 얼굴을 보다가…… 지현
은 눈을 감았다. 실장님의 말들을 속으로 따라 읊
으며 아이의 쾌유를 빌었다. 읊는 동안 기도의 내
용은 조금씩 바뀌었다. 아프지 마라. 제발 아프지
말고 무사히 있어줘라 미진아. 지현은 마지막에
속으로 그렇게 빌었다.

그 손님 머리 어떻게 잘랐니, 한참 후에 실장님
이 물었다.

─아주 짧게요. 투블럭에 가깝게.

─어울리던?

─기분이 조금은 나아진 것 같았어요, 머리를

47

시원하게 치니까.

—잘됐네. 잘했다, 지현아. 힘들었을 텐데, 하기 어려운 일을 했네.

—…….

—나는 그분이 나를 깔보는 줄 알았어. 말수도 적고 좀 차가운 인상이어서. 그런데 그런 게 아니었네. 사정이 있었어.

—네.

—겉만 보고는 알 수 없나 봐.

—…….

—괜찮을 거다. 다 괜찮아질 거야.

죽을 데워 오겠다면서 실장님이 일어났다. 전자레인지가 윙윙 소리를 내며 돌아가기 시작했다. 반씩 나눠 먹자, 나도 입맛이 통 없는데 반 정도는 먹을 수 있을 것 같아. 실장님은 전자레인지 앞에 쪼그리고 앉았다. 아파서일까, 그 모습이 어째선지 목욕할 때가 지나 털이 푸석푸석해진 고양이 같았다. 그러자 묘하게 조금 배가 고파졌다. 실장님이 많이 아픈 게 아니면 좋겠다고, 그 뒷모습을 보며 지현은 생각했다. 그것만은 진심이었다.

*

　율아는 엄마 옆에 서서 배틀을 하고 있었다. 율
아의 잠만보가 체육관을 지키고 있던 알로라 나
시에게 '사념의 박치기'를 날렸다. 이제 '파괴광
선' 한 방이면 끝날 참이었는데, 바로 그 순간 엄
마의 휴대폰이 꺼져버렸다. 에이 정말! 율아는 화
가 나서 소리쳤다. 엄마의 휴대폰은 언제나 배터
리가 간당간당했다. 보조배터리를 사라고 율아는
여러 번 부탁했지만 엄마는 듣지 않았다. 내 전화
배터리를 네가 거의 다 쓰잖아. 사려면 네가 나중
에 커서 돈 벌어서 사는 게 어떻겠니? 매일 이렇
게 배틀하러 같이 와주는 것만 해도 고맙게 생각
해, 엄마는 그렇게 잘라 말했다. 율아는 크게 실망
해서 몸을 돌렸다. 아무래도 배가 터지게 떡볶이
를 먹어야 할 것 같았다. 마카롱 가게가 1층에 있
는 큰 건물이 체육관이었고, 그 바로 옆은 미용실
이었다. 율아는 분식집 쪽으로 가기 위해 엄마의
손을 잡고 미용실 앞을 지나다가 안쪽 창가 자리
에 앉은 여자를 보았다. 곧바로는 알아볼 수 없었

지만 자세히 보니 틀림없었다. 미용실 언니가 여
자의 머리를 뭉텅뭉텅 잘라내고 있었다.

—엄마, 서균이 엄마다. 저 사람.

—응?

엄마는 율아가 가리키는 곳으로 시선을 옮겼
다. 그러더니 그렇구나, 서균이 엄마 맞네, 머리를
하러 왔나 보다, 하고 중얼거렸다. 엄마는 다시 걸
음을 옮기기 시작했다. 율아는 몇 걸음 가다가 참
지 못하고 멈춰 섰다.

—엄마.

—응?

—가서 물어보면 안돼? 서균이 다 나았느냐고.
집에 있냐고.

엄마는 잠깐 생각하는 얼굴이 되더니 조금 뒤
에 말했다.

—가서 물어보고 싶어?

—응.

—글쎄, 엄마 생각은 조금 다른데. 물어보기가
좀 조심스러워.

—왜 조심스러워야 돼?

—서균이가 다 나았을 수도 있지만, 여전히 많이 아픈 상태일 수도 있잖아. 그런데, 그런 상황에서 누군가 물어보면 서균이 엄마는 마음이 안 좋을 수도 있거든.

　율아는 이해할 수가 없었다. 만약 엄마가 많이 아파서 누워 있다면 율아는 누구든 엄마가 다 나았느냐고 물어주기를 바랐을 것이다. 아무도 물어주지 않는다면 자신은 어린이집에 다니지도, 밥을 먹지도 못할 것 같았다. 먹더라도 다 토해버릴 것 같았다. 엄마는 서균이 엄마를 싫어하는 게 분명했다. 아니, 서균이를 싫어하는 건가.

　율아는 서균이와 몇 번 다툰 적이 있었다. 하지만 그건 그냥 놀다가 그런 거였다. 가장 최근에 서균이와 다툰 일은 엄마가 생각하는 것처럼 율아가 일방적으로 괴롭힘을 당한 사건은 아니었다. 서균이에게 먼저 작다고, 너는 키가 너무 작다고 놀린 것은 율아였다. 서균이가 너무 작아서 놀리고 싶었다. 하지만 엄마는 그 말은 듣지 않았고 아무 잘못도 하지 않은 율아를 서균이가 괴롭혔다고만 생각했다. 자신은 무릎이 깨졌지만 서균이도 넘어져서 팔꿈치에 상처가 났으니 율아는 나름대로 공평하다고 생각했는데, 엄마는 그다음부터 서균이랑은 놀지 말라고 했다. 서균이는 율아의 친구였는데.

서균이는 멋진 베이블레이드를 여러 개 갖고 있었다. 율아는 그 시리즈가 너무도 갖고 싶었다. 남자아이들 사이에 끼어 배틀을 하며 상대의 팽이를 버스트시키며 통쾌하게 소리를 치고 싶었다. 하지만 엄마는 베이블레이드를 사주지 않았고, 놀이터에는 항상 미묘한 분위기가 감돌았다. 배틀판을 중심으로 둥그렇게 앉은 남자아이들 주위로 두터운 방어막 같은 게 쳐져 있는 듯했다. 율아는 그 방어막을 뚫고 들어가기에는 용기가 없었다. 하지만 놀이터에 다른 아이들이 없을 때, 서균이는 몇 번인가 베이블레이드를 빌려주었다. 둘이서 잠깐씩 배틀을 하는 게 너무도 재미있었는데, 그런 일은 아주 드물었다. 그러다 율아는 서균이와 놀지 못하게 되었고, 그러다 서균이가 아파서 어린이집에 나오지 못하게 되어버렸다.

여자아이들과 노는 것도 좋았지만, 율아는 〈시

크릿 쥬쥬〉보다는 항상 〈터닝메카드〉가 좋았고, 〈겨울왕국〉의 엘사와 안나 놀이를 하는 것도 재미있었지만, 그보다는 물총을 사서 쏘면서 놀고 싶었다. 율아는 결국 놀이터에서 혼자 놀게 되었다. 미끄럼틀을 타다가 그네를 탔고, 다시 미끄럼틀을 타다 집에 돌아왔다. 엄마에게 이런 이야기를 하고 싶었지만 이상하게도 잘 말할 수가 없었다. 엄마는 율아가 포켓몬 가운데 제일 좋아하는 게 잠만보인 것도—율아는 잠만보처럼 자는 것도 먹는 것도 좋아했다. 그렇게 크고 힘센 몬스터가 되어서 뱃살로 못된 것들을 다 튕겨내버리고 싶었다—, 발레리나들이 입는 것 같은 튜튜를 입기 싫어하는 것도 좋아하지 않았다. 옷이 불편하다고 말했더니 그다음부터 편한 바지를 입게 해주기는 했지만, 어쩐지 기뻐하지 않는 표정이었다. 율아가 생각한 것을 곧바로 말해버리는 것도, 머리보다 몸이 빨리 움직이는 것도, 엄마는 좋아하지 않았다. 율아야, 한 박자만 기다렸다가 말해. 생각을 먼저 하고 행동을 해. 다른 사람의 기분을 배려할 줄 알아야 해. 팔을 그렇게 함부로 휘두르

지 마. 항상 그렇게 말했다. 그 모든 말들이 율아
에게는 별로였다.

─엄마, 나 인사하고 올래.

엄마는 땅 밑에서 끌어올린 것처럼 아주 깊은
한숨을 후우우우 하고 내쉬더니 대답했다.

─그래, 그럼 그러자. 그런데 보니까 서균이 엄
마 머리가 아직 안 끝난 것 같아. 우리 분식집에서
뭐 좀 먹으면서 기다릴까?

그들은 떡볶이 한 접시를 나눠 먹었다. 엄마는
도중에 밖으로 나가더니 번개같이 마카롱 한 상자
를 사가지고 왔다. 율아가 어묵 국물을 마시는데
통유리 밖으로 서균이 엄마가 걸어가는 게 보였다.
율아는 뛰어나가 안녕하세요! 하고 인사를 했다.

서균이 엄마가 놀란 얼굴로 돌아보았다. 머리
때문에 완전히 다른 사람처럼 보였다.

─서균이 잘 있나요?

율아는 기대에 차서 물었다. 언제 돌아오는지,
베이블레이드 새 모델이 나왔는데 서균이가 알고
있는지, 빨리 확인하고 싶었다. 그러다 다음 순간,
아차, 엄마가 기다리라고 했는데, 깨닫고 이마를

손으로 딱! 쳤다.

율아구나, 한참 만에 생각났는지 서균이 엄마
가 대답하며 웃음을 지었다. 그러더니 하고 싶은
말이 무척 많은 표정이 되었다. 안녕하세요, 꾸벅
인사한 엄마가 율아의 뒤에서 나와 천천히 서균
이 엄마에게 걸어갔다. 두 엄마가 마주 보고 섰다.
마카롱 상자가 든 비닐백이 바스락 소리를 냈다.
이번만큼은 조금 기다려야 할 것 같았다. 잘은 모
르지만 어쩐지 그래야 할 것 같은 분위기가 공기
중에 감돌았고, 그게 싫거나 답답하게 느껴지지
않았다. 엄마의 꽃무늬 원피스가 눈앞에서 바람
에 사그락거리며 흔들렸다.

*

'……아이는 아직 모른다. 달착지근한 마카롱
몇 개나 갑작스럽게 건네는 다정한 인사 같은 것
으로는 괜찮아지지 않는 일들이 세상에 아주 많
다는 것을. 누군가의 안부를 묻는 일이 점점 더 겁
나는 모험처럼 느껴진다. 결과가 안 좋을 때가 더

많기 때문에. 그러나 나는 그녀를 걱정하고 있었고, 그 마음을 숨기고 싶지 않았다. 그래서 오늘은 굳이 물어보았다. 나 역시 누군가가 그렇게 물어주기를, 종종 장미가 비를 기다리듯이 기다리게 되므로.'

서균이 엄마의 이야기를 썼다. 페이스북에 포스팅을 마친 후 진경은 다른 이들의 담벼락을 훑었다. 그러다 방금 올린 글로 돌아와 수정 버튼을 누르고 '장미가'를 '사막이'로 바꿨다. 사막이 비를 기다리듯이.

진경은 2분 후 '사막이'를 다시 '장미가'로 돌려놓았다. '사막이 비를 기다리듯이'는 너무 절박해 보이는 데다 에브리싱 벗 더 걸의 〈Missing〉가사에 나오는 구절이었는데, 진경은 그 노래에 좋지 않은 추억이 있었다. 20년 전, 클럽, 술 취한 미국인. 더 떠올리고 싶지 않았다. '장미가 비를 기다리듯이'는 영어권에서는 흔하게 쓰는 관용어구였지만 어떤 사람들은 좋아하지 않을 표현이기도 했다. 그들은 진경이 자신을 장미에 비유한다며 코웃음을 칠 것이다. 아직도 세상 바뀐 줄을 모르

고 자신이 가진 매력 자본을 은연중에 과시한다
고 경멸할지도 모른다. 하지만 진경은 그럴 의도
가 전혀 아니었고, 그건 그냥 생각 없이 떠올린 표
현이었다. 그 사실을 깨닫자 그 단어를 절대로 바
꾸고 싶지 않으며 원래대로 놔두고 싶다는 뜨거
운 오기가 치솟았다. 서균이와 서균이 엄마에 대
한 걱정과, 낮에 일어난 뜻밖의 만남이 가져다준
흔치 않은 감정들을 뇌의 한쪽에 여전히 채워둔
채 진경은 뇌의 다른 한쪽을 사용해 이런 생각들
을 하고 있었다.

세연이 '좋아요'를 눌렀다. 하지만 댓글을 달지
는 않았다. 진경은 기다려봤자 소용없다고 생각
하면서 기다렸다. 세연은 진경이 쓰는 거의 모든
포스팅에 '좋아요'를 눌렀지만, 댓글을 달지는 않
았다. 그런 지 꽤 오래됐다. 진경이 셀피를 올려도
마찬가지였다. 물론 진경은 셀피를 올릴 때의 자
신이 그렇게 자랑스럽지는 않았다. 무료해서, 무
언가 칭찬이 필요해서, 인생이 칡 덩어리를 억지
로 씹는 것처럼 쓰고 건조해서, 가끔 사람에게는
단 것이 필요하듯이, 혹은 별다른 생각 없이, 필터

를 씌운 자신의 얼굴을 찍어 올렸고 그런 습관이 있는 사람답게 그걸 올린 뒤에는 자신이 관심종자라는 생각에 조금 창피해져서 내릴까 하는 생각이 들었다. 하지만 자신과 일면식조차 없는 수십 명의 페친들이 댓글로 칭찬을 하는 걸 다 보면서도 단 한 마디도 하지 않는 세연을 의식하게 된 다음부터는, 올리고 싶어서 올린 것은 내리지 않겠다는 결심을 했다.

자신이 쓴 '장미가'라는 단어를 세연이 어떻게 생각할지 진경은 궁금했다. 그러면서 이런 것을 궁금해하고 있는 자신이 궁금했다. 나는 왜 세연의 무반응에 이렇게도 상처받는 사람이 되었을까? 지난주 토요일, 아이를 주말 동안 친정에 맡길 수 있게 되어 오랜만에 시간이 나서 세연에게 연락을 했었다. 세연은 한참 동안 답이 없다가, 내가 몸이 좀 안 좋아서, 하고 짧게 답장을 보냈다. 집에 있는 거야? 내가 가서 맛있는 거 해줄까? 네가 좋아하는 다쿠아즈 사가지고 갈게. 넌 그냥 누워 있어라. 진경이 그렇게 말했지만 세연은 아무래도 안 되겠다고 했다. 그러고는 며칠이 지나 다시 일 이야기를 올렸다. 계속 바쁘구나. 그럴 수도 있지. 그렇지만 그런 식으로 못 만나겠다는 말을 들은 게 벌써 세 번인가 네 번이 되니, 아무래도 얘가 나를 별로 좋아하지는 않는구나, 생각할 수밖에 없었다.

처음부터 그렇지는 않았다. 고등학교 3년 내내 그들은 살가운 친구였다. 각각 다른 대학을 가면서 드문드문 만나게 되었을 때도 진경은 세연에게 거리감을 느끼지 못했다. 그들은 주로 한쪽이 실연을 경험한 직후 만나 와인 한 병을 앉은자리에서 금세 비워버리고는, 눈치도 없이 청명한 하늘을 향해, 혹은 함박눈이 쏟아지는 거리를 향해 욕설을 퍼부으며 취한 어깨를 서로 붙잡아주면서 집으로 돌아가는 사이였다. 그러다 진경이 직장에 들어가면서 너무 바빠져 연락이 뜸해졌고, 결국 끊어졌지만, 6년 전 페이스북에서 다시 만났다. 진경은 아이 엄마이자 초등학교 방과후독서지도교사가 되어 있었고, 세연은 프리랜서 출판기획자가 되어 있었다.

먼저 친구 신청을 한 것은 세연이었다. 글이 너

무 좋아서 계속 따라 읽다가 이름이 낯익어서 보니, 세상에 너잖아? 다시 만난 자리에서 세연은 그렇게 말하며 기뻐서 팔짝팔짝 뛰었다. 둘은 자주 만나지는 못했지만 네트워크로 언제나 이어져 있었고, 서로에게 가장 먼저 댓글을 달아주는 사이였다. 서로가 지닌 빛에, 어둠에, 즐거움에, 슬픔에, 한심함에.

세연이 달라진 것은 3년쯤 전부터였다. 아마도 육아에게 갑작스레 수족구가, 그리고 곧바로 장염이 찾아와 진경이 정신없는 나날을 보내고 있던 그 여름부터였을 것이다. 세연이 갑자기 계정을 닫았다. 몇 주 후 다시 계정을 연 세연은 더 이상 일상 포스팅을 하지 않았다. 공유하는 글들의 성격이 달라졌고, 자주 댓글을 주고받는 사람들이 달라지더니, 쓰는 글들의 결도 달라졌다.

물론, 아이 때문에 추모 집회에 나갈 수 없었고, 그 어떤 행동도 할 수는 없었지만, 강남역 노래방 화장실에서 일어난 그 사건 이후 진경의 내면 역시 만만찮은 변화를 겪었다. 하지만 세연처럼 완전히 다른 사람이 된 것처럼 보일 정도로는 아니

었다. 에너지 코어를 흡수한 캡틴 마블이 분노로
불타는 불주먹을 갖게 됐다면, 세연이 흡수한 무
언가는 세연의 말캉말캉한 부분, 풍부하던 감정,
미성숙한 생각들, 마음의 빈 공간들과 어떤 너그
러움까지 모조리 태워 없애버린 것 같았다. 세연
은 자신을 드러내는 일이 지극히 적어졌고, 타인
의 글에 대한 반응도 줄어들었다. 좋아해도 될 글
인지 아닌지 몹시 신중하게 따져보고 위험하지
않은 글에만 반응을 했다. 진경은 자신이 올바름
과의 경쟁에서 패배했다는 걸 알았다. 이제 세연
에게는 진경과 나눈 시간보다 올바름이, 자신의
원칙들이 더 중요했다. 대단히 건조한 어조로 자
신이 기획하고 있는 책과 출판사에서 앞으로 나
올 책들의 소식을 전하거나, 여성주의 관련 글들
을 공유하거나, 이슈들에 관한 의견을 피력하거
나, 하고 싶은, 지금 당장 하고 싶지만 할 수 없는,
그래서 짜증 나는, 그래도 죽도록 하고 싶은, 그래
서 우울한, 일들이 아니라 자신이 실제로 했고 앞
으로 분명히 할 일들에 대해서만 짧게 또박또박
적어 올리는 세연을 보면 진경은 자신도 모르게

'미스트'라는 단어가 떠올랐다. 칙칙 소리가 나게 미스트를 뿌려주고 싶었다.

진경은 여전히 세연을 좋아했고 존경할 만한 친구라고 생각했다. 하지만, 하지만 세연아, 너의 물기들은 어디로 갔어? 바람이 조금 빠진 자전거 타이어처럼 눌러보는 사람이면 누구나 피식피식 웃을 수밖에 없던 너의 여유는, 농담들은, 꿈꾸는 듯한 문장들은 어디로 간 거야? 그건 너와 내가 공유하던 빛나는 보물이었는데. 왜 이렇게 지상의 삶에 밀착되어 자갈과 흙과 모래 들만 바라보는 사람이 된 거야? 그 돌들끼리 부딪칠 때면 이를 가는 것처럼 진절머리가 나는 소리가 나던데, 어떻게 그것들을 쉬지도 않고 다 듣고 있는 거야? 진경은 그렇게 묻고 싶었다. 세연은 결코 들을 일도 대답할 일도 없겠지만.

세연처럼 똑바로 노려보고 매 순간 진지하게만 대하기에 진경은 자기 삶이 너무 팍팍하고 바싹 말라 있다고 생각했다. 강해지라는 말을 들으면 혈관을 억지로 쫙 늘려서 강철 바를 밀어 넣으라는 말을 듣는 것 같았다.

받지 않은 질문에 대답하고 싶기도 했다. 네가 전에 말했었잖아. 여자들 사이에 갈등이 커져가고 있는 것 같다고, 그래서는 안 될 것 같은데 어떻게 해야 할지 모르겠다고 말이야. 너는 안타까워하고 있었는데, 나는 그때 너의 말을 듣고서야 그런 게 있다는 걸 알고 정말 많이 놀랐어. 그날 집에 가서 어떤 사람들이 결혼한 여자들을 가리켜 하는 말들을 찾아보았어. 그 말들에 대해 내가 반발심이나 슬픔이나 분노나, 혹은 어떤 사람들처럼 부끄러움 같은 것을 느끼지 않는 것처럼 보여서 너는 놀랐을지도 모르겠어. 그것에 대해 무엇을 느낄 만한 자리 자체가 내 삶에는 없다는 걸 네가 이해하게 되면 더 놀랄지도 모르겠어. 하지만 사실이야. 내가 삶으로 꽉 차서 폭발해버리지 않게 하려면 나는 나의 어떤 부분을 헐어서 공간을 만들어내야 하는데, 그렇게 얻어낸 공간에 알지도 못하는 사람들로부터 오는 부정적 감정을 채울 수는 없다는 것, 내가 살아온 삶의 궤적을 전혀 모르고 내 삶을 대신 살아줄 것도 아닌 사람들을 존중하기 위해 내가 선택한 삶에 대한 미움을 집어넣을 수는 도저히 없다는 것, 그게 내가 해낼 수 있었던 최선의 생각이야. 내가 아는 사람들, 아끼고 사랑하는 사람들에 대한 마음이 들어가면 그 자리는 꽉 차버리는걸.

하지만 세연이 진경을 그렇게 보고 있다면 이야기가 달랐다. 다른 사람들은 다 그래도 세연은 그러지 않을 줄 알았다. 진경은 바보가 아니었다. 세연에게서 그 이야기를 들은 뒤로, 그 말을 전할 때 세연의 눈빛과 표정을 본 뒤로, 세연이 침묵 속에서 자신을 평가하고 있다고—친구가 친구를 평가하는 것이 아니라, 비혼 여성이 기혼 여성을 평가하고 있다고—너무도 생생하게 느껴질 때가 있었다. 하루의 피로에, 일터에서 매일 만나야 하는 초등학교 아이들이 발산해내는 과도한 에너지에, 휴식 없는 생활에 지쳐 전혀 좋아하지도 않고 말을 길게 나누고 싶지도 않은 남자 페친들과 영혼 없는 웃음으로 범벅이 된 댓글 대화를 나누고 있을 때, 다른 사람들이 남편 자랑을 하는 걸 비웃지 않고 맞장구를 쳐주고 있을 때, 새로 산 립스틱의 발색 샷을 여러 장 올리고 있을 때, 가족 한가운데에서 혼자일 시간도 없이 외롭다고 끄적이고 있을 때, 진경은 달가워하지 않는 세연의 시선을 느꼈다. 판단의 대상이 되는 일은 즐겁지 않았다. 하지만 세연을 미워할 수는 없었다. 엄마를 자신의 삶에서 온전히 밀어낼 수 없는 것과 마찬가지였다.

엄마라니, 얼마나 어울리지 않는 연상인가. 하지만 세연의 냉랭함은 종종 진경에게 엄마를 떠올리게 했다. 진경이 초등학교 고학년에 접어들었을 때부터 엄마는 화를 내며 다그쳤다. 엄마가 그렇게 눈웃음치지 말라고 했지. 쓸데없이 웃지 말고, 징징거리지도 마. 여자애가 징징거리는 것만큼 꼴 보기 싫은 것도 없어. 진경아, 여자는 항상 세 보여야 한다. 늘어져 있지 말고 빠릿빠릿하게 몸을 움직여. 엄마는 네가 약해빠진 여자, 한가하고 할 일 없어 보이는 여자, 가만히 앉아서 눈웃음이나 치는 여자가 되지 않았으면 좋겠다. 그런 여자는 남자들에게 이용이나 당하고 버려질 뿐이야.

진경이 대학에 들어간 뒤에도 엄마는 통금을 풀어주지 않았다. 그것을 어기고 진경이 처음으로 외박을 했을 때 엄마는 따귀를 때리고 진경에게 가방을 던지며 윽박질렀다. 사내한테 정신이 나가서 공부도 안 하고, 그따위 상스러운 치마나 입고 밖에서 자고 다니기나 할 거면 집에서 나가.

진경은 되고 싶지 않은 것이 많은 사람이 되었다. 단정하고 올바른 여자도, 꼿꼿하고 강하고 바쁘고 카리스마 있는 여자도 되고 싶지 않았다. 진경은 가능하면 닳고 닳은 여자가 되고 싶었다. 진저리가 처질 만큼 통속적인 여자가 되어 엄마의 가슴을 무너뜨리고 싶었다. 하지만 자신을 너무 사랑했고, 인생을 낭비하기 싫었기에 그럴 수가 없었다. 진경은 자신이 엄마의 기대를 뛰어넘을 만큼 똑똑하고 재치 있으면서도 다정하고 생기발랄한 사람임을 알았고, 그 사실을 잊지 않으려고 노력했다. 하지만 엄마는 진경에게 결코 충분한 사랑을 준 적이 없었기에, 진경은 결국 목마른 사람이 되었다. 사랑받지 못하는 상태를 오래 견디지 못하는 사람이 되었다. 연애가 끝나면 곧바로 다른 사람을 찾아 헤맸다. 한 연애가 끝나기 전에 다른 연애가 시작되는 일도 있었다. 그 와중에도

66

엄마는 계속 진경의 발에 맞지 않는 단정한 모카신을 신기려고 들었다. 진경은 집에서 도망쳐 나오기 위해 결혼했다.

율아가 공주들이 나오는 만화와 프릴이 달린 드레스를 싫어하고 머리에 다는 리본에도 무감동한 아이임을 알았을 때, 진경은 곧 수긍했다. 여러 가지 면에서 다행스러운 일이었다. 진경은 시대에 역행하는 사람이 되고 싶은 것이 아니었다. 이슈들의 중요성을 알았고, 여자로 사는 일이 얼마나 끔찍한지도 속속들이 알고 있었다. 어쩌면 세연보다도 잘 알아서, 지긋지긋할 만큼 높은 빈도로 미움과 경멸과 구설의 대상이 되어보았기에, 때때로 눈을 돌리거나 실눈을 뜨고 딴소리를 하고 싶을 뿐이었다.

율아와 자신이 서로 완전히 다른 인격체이며, 율아에게 자신의 오랜 박탈감을 투사해 예쁜장한 인형놀이를 해봤자 아이에게 전혀 도움이 될 것이 없다는 사실 또한 알고 있었다. 그러나 율아의 튜튜들을 헌옷 기부함에 넣으면서 뛸 듯이 기쁘지도 않았다. 아이의 옷을 처분하던 날 진경은 잠든 딸의 이마를 쓸어주며 생각했다. 사랑하는 딸, 너는 네가 되렴. 너는 분명히 아주 강하고 당당하고 용감한 사람이 될 거고 엄마는 온 힘을 다해 그걸 응원해줄 거란다. 하지만 엄마는 네가 약한 여자를, 너만큼 당당하지 못한 여자를, 외로움을 자주 느끼는 여자를, 겁이 많고 감정이 풍부해서 자주 우는 여자를, 귀엽고 사랑스러운 여자를, 결점이 많고 가끔씩 잘못된 선택을 하는 여자를, 그저 평범한 여자를, 그런 이유들로 인해 미워하지 않는 사람이 되었으면 좋겠구나. 네가 어떤 사람으로 자라나도 나는 너를 변함없이 사랑할 거란다.

진경은 여전히 세연의 댓글을 기다리고 있었다. 하지만 진경의 이야기에 오랜만에 감상을 남기는 대신 세연은 오늘 만나고 온 인터뷰이들이 몹시 인상 깊었고 많은 생각을 하게 되었다는 한 문장으로 된 포스팅을 올리고 접속을 끊었다. 세연은 예전부터 그랬다. 진경을 만나 즐겁게 수다를 떨고 돌아와서는 바로 그날 블로그에 다른 친구들 이야기를—멋지고, 지적이고, 재능 있고, 알고 지내서 행운이라는 생각이 드는, 한마디로 진

경보다 몇 배는 훌륭한 친구들 이야기를—열성적
으로 적어 올려서 진경을 어리둥절하게 만들곤
했다. 처음에 진경은 너무나 놀랐기에, 세연이 자
신에게 무슨 이유론가 마음이 상해서 밀어내려고
하는 게 아닌가 싶었다. 하지만 아무리 관찰해봐
도 그런 것 같지는 않았다. 세연은 단지 자신이 진
경을 아주 많은 순간에 몹시 외롭게 만든다는 사
실을 전혀 모를 뿐이었다. 악의가 아니라면, 놀랄
만큼의 둔감함이었다. 이 모든 과정이 진경에게
는 이국에서 건너온 이상한 전통 춤을 추는 것 같
기도 했다. 한 사람은 다른 사람의 등을 바라봅니
다. 등을 보이고 있는 사람은 다른 사람의 등을 바
라봅니다. 절대 돌아서서 마주보지 않습니다. 진
경은 이 춤이 정말 싫었다. 하지만 진경이 알기로,
친구라는 듣기 좋은 이름을 한 이 춤을 가끔씩, 조
금씩이라도 추지 않는 사람은 아무도 없었다.

*

—친구보다는 동료라는 말이 더 좋아요. 동지

사랑하는 딸,

너는 네가 되렴.

너는 분명히 아주 강하고
당당하고 용감한 사람이 될 거고

엄마는 온 힘을 다해
그걸 응원해줄 거란다.

라는 말은 더 좋고요. 좋은 동지를 많이 만나고 싶어요.

낮에 인터뷰한 학생은 그렇게 말했다. 동그란 빨간 테 안경을 쓴 고등학교 2학년 학생이었다. 세연은 그 말이 인상 깊었다. 친구라는 말이 세연에게 언제부턴가 몹시 그리우면서도 버거운 말이 되어 있었기 때문일 것이다. 그 단어를 들으면 할리우드 시트콤 속에서 이리저리 티격대면서도 알콩달콩 잔정을 쌓아가는 여자들의 모습이 떠올랐다. 저 사람들은 어떻게 저렇게 하지? 저 카페에 가면 항상 친구들 중 누군가가 있대. 서로가 서로의 모든 것을 알고 공유하는 관계. 어떻게 저런 관계가 가능할까? 세연은 늘 그렇게 생각했다. 부럽기는 했지만, 자신은 그렇게 할 수 있는 사람이 아니라는 생각이 들었다.

세연은 새로운 사람을 만나는 일을 좋아했다. 하지만 친구 관계를 유지하는 데는 서툴렀다. 먼저 연락을 해서 안부를 묻거나, 약속을 잡거나, 친구에게 힘든 일이 있을 때 분위기를 보고 타이밍을 맞춰 긴 통화를 하거나, 시시콜콜 속사정을 묻고 위로하는 일을 잘하지 못했다. 뭔가 위기감이 든다 싶으면 선물을 주문해 보냈다. 친구가 좋아 하겠다 싶은 브랜드의 이어폰이나 보름달 모양 무드등이나 새로 나온 시집이나 좋은 커피 원두를. 하지만 어떤 사람들은 그런 세연을 성의 없다고 생각하는 것 같았다. 제법 시간을 들여 고민해서 골랐는데, 그것만으로는 성의가 없나? 꼭 직접 만나서 시간을 함께 보내야만 의미가 있나? 점심때 무슨무슨 샌드위치를 먹었다고, 맛있었다고 친구에게 톡을 보내는 사람들의 일상은 세연에게 미지의 세계였다. 사람들은 만나서 일정한 시간이 지나면 서로에게 반말을 쓰며 편히 불렀다. 하지만 세연에게 사람들은 끝까지 존댓말을 썼고, 세연은 조금 가슴 아프게 생각하면서도 사실은 그쪽이 편했다. 휴대폰을 잃어버려 전화번호가 바뀌거나, 쓰고 있던 SNS가 바뀌면 더 이상 이어지지 않고 끝나버리는 관계가 많았다. 해야 하는 어떤 일들을 세연이 하지 않아서인 것 같았다.

하지만 세연은 바빴다. 세연에게 일은 자아실현 같은 거창한 목표를 실현하기 위한 수단이 아니라 생계였다. 아프거나 피곤하다고 놔버리면 대신 자신을 돌봐줄 사람이 없었다.

직장에 들어가지 않고 혼자서 일을 하며 마흔이 넘어가자 삼십 대 때의 불안감 같은 건 들어갈 자리도 없을 만큼 많은 일이 쏟아져 들어왔다. 남들의 빛나는 작업을 뒷받침할 뿐 자신의 빛은 찾지 못했다는 자괴감을 어렵게 어렵게 다스리며 15년을 버티자 마침내 단독 저자가 될 기회가 찾아왔다. 동시에 네 군데에서 책을 써달라는 제의가 왔다. 세연이 기획한 지난번 책이 대박을 터뜨리면서 저자들과 함께 기획자로 이곳저곳 인터뷰를 하며 얼굴도장을 찍었던 일 때문인 것 같았다. 저자들이 하나같이 칭찬을 하며 세연 덕분에 글의 방향을 잘 잡을 수 있었다고 말해준 일이 유효했다. 나쁘지 않았다. 나쁠 이유가 없었다. 하지만 많은 일들을 모두 다 잘해낼 수 있을지 걱정이 되기도 했다. 20년 넘게 꿈만 꿔오던 넓고 기름진 평야가 눈앞에 펼쳐져 있었는데, 엉망을 만들 수는 없었다. 물이 들어올 때 빠르게, 훌륭하게, 노를 저어야 했다. 잘해내야 했다. 모두 다 잘해내야 했다.

마지막 계약서를 쓰고 온 날 밤 과호흡이 일어났을 때 세연은 자신이 기쁨으로 너무 흥분해서 그런 거라고 생각했다. 다음 날 정신과에 가서 가벼운 항불안제를 처방받아 먹었다. 한 달 전부터 생리통이 심해지다가 갑자기 더 이상 견딜 수 없을 정도가 되어 간 병원에서 자궁근종이라는 말을 들었을 때도 세연은 별생각이 없었다. 그저 지금껏 몸을 너무 돌보지 않았구나 하는 자책 정도가 들 뿐이었다. 사십 대 여성들에게는 흔한 질병이라고 했고, 요즘은 기술이 발전해서 자궁을 들어내거나 복잡한 수술을 하지 않고도 치료할 수 있다고 했다. 조금 겁이 나기는 했다. 하지만 자궁적출이 아니고 하이푸시술을 받겠다고 하자 의사에게서 돌아온 말 때문에 어이가 없었고, 웃음이 나서, 그 두려움도 금세 사라져버렸다.

―잘 생각하셨습니다. 아무래도 자궁이 없어지면 상실감이 크거든요. 그 우울감을 극복하지 못하는 분들도 있고, 자궁을 보존해야 향후에 아이를 가질 수도 있으니까요. 많이 걱정되시죠? 괜찮아요. 이건 정말 금세 끝나고, 후유증도 없습니

다. 여자로서의 삶이 망가지지도 않아요.

저기, 그런 게 아니거든요? 저는 아이를 가질 생각도 전혀 없고요. 제 삶에는 남자가 오래전부터 아예 없고 앞으로도 아마 없을 건데요. 사실은 한달에 한 번 배란이 되고 생리를 하는 것도 귀찮아 죽겠거든요, 저는. 적출한대도 아무 상관 없는데, 회복이 빠르다기에 빨리 일로 돌아가야 해서 하이푸 쪽을 선택한 건데요. 여자로서 삶이 망가진다니 무슨 말씀이세요. 세연은 정색하고 그렇게 말하고 싶었다. 하지만 이곳저곳 비교해본 결과 그 병원의 시술 비용이 제일 합리적이어서 그냥 참고 넘겼다.

그것도 시술은 시술이라 보호자가 있어야 했다. 정말 연락하기 싫었지만 남동생에게 연락을 해서 시술 당일만 와달라고 부탁했다. 부모님이 돌아가신 뒤로는 세상에 하나 남은 혈육이었다. 결혼한 뒤 1년에 한두 번도 연락할까 말까 한 동생은 병실에 와서 휴대폰 게임을 하며 바쁜데 여기 있기 너무 싫고 귀찮다는 티를 팍팍 냈다. 아내와 전화를 하다가 무슨 문제론가 싸우기에 야, 됐다, 고마웠고 그만 가라, 하고 말해버렸다. 통증도 통증이었지만 동생 앞에서 소변줄을 끼운 채 담요를 덮고 누워 있는 것 자체가 고역이었다.

시술 다음 날 근종 조직이 괴사된 상태를 확인하고, 퇴원 수속을 하러 걸어가다가 세연은 발을 삐끗했다. 바닥에 아무것도 없었는데 헛디뎠다. 다행히 발목의 아픔은 금세 사라졌는데, 의자에서 몸을 일으키기가 힘들었다. 숨이 가빠졌다. 이상하게 몸이 물속으로 가라앉는 것 같은 기분이 들었다. 집에 가서 빨리 일을 해야 하는데. 시간이 부족한데. 눈앞이 캄캄해지면서 심장이 빠르게 뛰었다. 금방이라도 어떤 불합리하고 두려운 일이 생길 것 같다는 생각이 아무래도 사라지지 않아서, 간호사를 불렀다. 수액을 한 병 더 놔드릴 수는 있지만 정신과 약은 정신과에 따로 가야 받을 수 있다는 대답이 돌아왔다. 세연은 생각하다가 하루 더 병실에 있기로 했다. 다리가 후들거렸다.

토요일이었다. 창밖으로 보이는 여름의 끝이 허덕거리고 있는 것 같았다. 이제 그만 쉬고 싶으니 빨리 끝내달라고 애원하면서, 마지막 힘을 다해 세상을 쪄내고 있는 것 같았다. 세연은 그 찌는 더위 속으로 발을 내디딜 엄두가 나지 않았다. 수액이 들어오자 숨 쉬기가 조금 편안해졌다. 이불을 덮고 누워 있는데 진경의 메시지가 도착했다.

'집에 있는 거야? 내가 가서 맛있는 거 해줄까?'

순간적으로 나 입원했어, 말하고 싶다는 생각이 스쳤다. 그런데 갑자기 불안 증세가 나타나서 하루 더 있기로 했어. 그러면 진경은 당장 병원에 찾아올 것 같았다. 그러고는 분명 다음 날 퇴원을 도와주겠다고 할 것이었다. 차로 세연을 집까지 데려다주고 빌라 계단을 한 발 한 발 같이 올라갈 것이었다.

세연은 비워두고 온 자신의 방을 떠올렸다. 거기에는 세연이 너무도 좋아하는 1인용 빈백과 제법 괜찮은 브랜드의 오디오가 있었고 여행을 다니며 하나씩 사 모은 기념품들과 원서들과 세계 각국의 엽서들이 제자리에 놓여 있었다. 고급스러운 흰색으로 통일한 침구가 깔린 싱글베드가 있었고 전문가까지는 아니어도 애호가 소리를 들을 정도는 되는 클래식 CD 컬렉션이 있었다. 욕조는 없었지만 욕실도 자주 청소를 하는 편이라 깨끗했다. 하지만 계단, 3층인 세연의 집까지 올라가는 계단이 문제였다.

낡은 빌라 건물에는 아이가 있는 부부들과 노부부들이 살았고, 그들은 모두 집에서 밥을 해 먹는 사람들이었다. 집을 드나들 때면 세연은 언제나 다른 집들에서 나오는 짙은 찌개 냄새와 생선무조림 냄새, 혹은 한약 냄새를 맡아야 했다. 얼굴이 찡그려질 정도로 심했는데, 그걸 어떻게 할 방법이 없었다. 사람이 먹으려고 만든 것일 텐데 어째서 이럴까? 너무 낡은 건물에서는 음식 냄새에까지 필터가 덧씌워지는 것일까? 진경이 그 냄새를 맡는다면, 세연은 상상했다. 얼굴이 확 달아올랐다. 이런 걸 이해할 수 있어? 아마 너는 이해할 수 없을걸, 세연은 혼자 생각했다. 진경의 아파트는 진경이 페이스북에 올리는 사진으로 가끔씩 볼 수 있었다. 결코 자랑하려고 일부러 올리는 사진들은 아니었지만, 그 사진들 속의 많은 것이, 세연에게는 당연하지 않으나 진경에게는 당연한 것으로 보였다. 평소에는 아무렇지도 않았다. 그런 계단의 악취쯤이야 혼자 사는 데 별다른 방해가 되지 않았다. 모든 것이 갖추어졌다고 해서 삶이 반드시 제대로 돌아가는 것도 아니었다. 하지만 욕조가 없는 욕실을 너에게 보여주는 것도, 괜찮아, 뭐가 부끄럽니? 나도 자취할 때 그랬는걸, 하는 너의 대답을 듣는 것도 싫은 이런 마음을 진경이 너는 이해할 수 없을걸. 세연은 상상 속에서 친구를 속물로 만들고 있는 자기 자신이 지극히 속물적이라는 생각을 했다. 하지만 어쩌겠는가. 그 불편함은 실재하는 것인데.

혼자서 퇴원을 하고 집을 정리했다. 병원에서는 일주일은 아무것도 하지 않고 푹 쉬어야 한다고 했지만, 시간이 촉박했다. 사흘을 쉬고 수요일이 되어 다시 일을 시작했다. 과호흡 증상은 사라졌지만 걱정은 그대로 남아 있었다. 저자로서 세연이 쓰기로 한 첫 번째 책은 '여성들의 우정'을 테마로 한, 에세이와 인문학의 중간쯤 되는 성격을 한 책이었다. 여성주의 열풍이 시작된 뒤로 수요도 충분하고, 아무래도 더 이상 적격인 저자를 찾기는 힘들겠다며 출판사에서는 책의 방향을 제안했다. 다양한 연령대와 직업군의 여성들을 인터뷰이로 해서 취재를 한 다음 세연의 코멘트를 덧붙이면 어떻겠느냐는 이야기였다. 그렇게 해서 섭외된 첫 번째 인터뷰이가 낮에 만난 세 명의 고등학생들이었다.

—뜻이 맞고, 가려는 방향이 비슷한 동지들을 많이 만나고 싶어요. 가치관이 너무 다른데 함께 시간을 보내며 맞춰가려고 노력하는 일이 저는 힘들더라고요. 노력한다고 해서 차이를 좁힐 수 있는 것도 아니고요. 항상, 뭔가, 상대방은 제가 어떤 종류의 계몽을 한다고 생각하고요. 자신을 경멸한다고 생각해요. 그런데 저는 그 친구를 비판하는 게 아니라 그 친구가 따르고 있는 규칙들이 실은 어디에서 왔고 어떻게 은연중에 강요되었고 결국 어떤 흐름을 만드는 데 기여하고 있는지 그걸 지적하려고 하는 건데. 그걸 '팬다'고 표현하면 정말 뭐라고 해야 할지 모르겠어요. 누가 누구를 패고 있는데요? 인터넷에서 이런 이야기 하는 사람들은 정말 한 줌이잖아요. 당장 집에

만 들어가도 저희 부모님은 제가 듣는 앞에서 저를 '살림 밑천'이라고 불러요. 결혼 안 할 거면 아무 지원도 안 해줄 거라고 대놓고 말해요. 저 고등학생이잖아요. 그런데 벌써부터 그런 말을 듣는 게 맞아요? 저는 그런 거 못 견디겠어요. 빨리 성공을 해서 정상으로 올라갈 거예요. 그래서 이 나라를 뜰 거예요. 그때 제 곁에 남은 사람들이 친구가 되겠죠. 말씀드렸듯 저는 동지라는 말이 더 좋지만요.

빨간 안경을 쓴 학생은 그렇게 말했다. 세 명의 학생 모두 화장기 없는 얼굴에 투블럭 머리를 하고 있었다. 세연의 스타일도 같은 것을 보고 그들은 은근히 반가워하는 분위기였다. 롤 모델을 찾고 있는 게 분명했다. 결혼하지 않고 혼자서 일하면서 힘든 점은 없었는지, 어떻게 일과 생활의 균형을 맞춰야 하는지를 묻기도 했다. 그런 그들 앞에서 세연은, '저는 여러분이 찾고 있는 사람이 아니에요' 하고 말하지 못했다. 자신에게 성공하겠다는 의지나 정상으로 올라가겠다는 야망 같은 것은 없었음을, 그저 어찌어찌 흘러오다 보니 이런 모양새로 살게 되었고 그것이 타인의 눈에는 '성공' 혹은 '야망'으로 보일지 모르지만 실은 그냥 '하지 않을 특별한 이유가 없어서' 어찌어찌 걸어온 길이었음을, 그리고 지금은 일이 많아서 즐겁기는 하지만 일 때문에 과호흡 증상에 시달리고 있기도 하다는 사실을, 말하지 못했다.

그들이 이야기하는 빈틈없는 자기 관리나 앞으로 하겠다는 재테크나 탈조선을 위한 준비 같은 개념들이 자신의 이십 내와 삼십 내에는 없었음을, 그동안 시대가 빠르게 바뀌어 지금은 달라졌지만 자신이 대학을 다니는 동안에는 그런 일들을 부끄럽게 생각하는 것이 시대정신이었음을, 말할 수 없었다. 자신도 최근 몇 년 사이에 급격한 변화를 겪어 성공이라는 말을 들으면 우선 여성을, 멋지게 정상에 올라 업무를 수행하는 여성 외교관이나 회사의 대표가 된 여성들을 떠올리게 되었지만 한편으로는 그 말의 이면에 있는, 끝없이 하늘로 올라가던 주상복합건물들을 볼 때의 박탈감이나 일 때문에 강남에 나갈 때면 느꼈던 도저히 사라지지 않는 위화감 같은 것들도 함께 떠오른다는 사실은 더더욱 말할 수 없었다. 자매에서 금세 적으로 몰릴 것 같았다.

오랫동안 세연의 머릿속에서 자본은 악이었다. 돈을 많이 벌고 싶다고 말하는 것은 금기였다. 성공해서 높은 자리로 올라가고 싶다고 말하는 것은 너무 노골적인 일, 부끄러운 일, 내면에 깊이가 없음을 증명하는 일이었다. 세연은 암묵적으로 그렇게 가르치는 분위기 속에서 자랐다. 누구라 할 것 없이 자신이 무기력하고 쓸모없는 인력, 폐인이고 잉여임을 경쟁하듯 애써 증명해 보이던 그 분위기는 실은 모두 여성들이 권력을 갖지 못하게 계획적으로 준비된 기만이자 위선이었단 말인가? 자신보다 가진 게 없고 쉽게 나아질 수 없는 환경에 있는 사람들, 도움이 필요한 사람들에 대해 세연이 품었던 연대감과 책임 의식은 모두 실체 없는 허상이자 쓸모없기만 한 것이었나? 세연은 그렇게는 생각할 수 없었다. 그러나 돈이라는 개념에 완벽하게 무지한 자신을, 계약서의 구체적인 조항들을 따져볼 줄 모르고 제대로 된 원고료를 요구하는 일조차 할 줄 모를 정도로 자신을 챙기지 못하고 현실감각이 없던 자신을, 청약이라는 개념이 무엇을 의미하고 대출을 받으려면 어떻게 해야 하는지 백지라 할 만큼 모르는 자신을 돌아보면 한없이 허무하고 어이가 없어지기도 했다. 마흔이 넘어 뒤늦게 재테크에 관한 자기계발서를 사고, 태어나 처음으로 적금통장을 만들면서, 세연은 아무에게도 그 일을 말하지 않았다. 내가 지금 뭘 하고 있나 싶은 마음 반, 젊은 사람들의 도움을 받아 이제라도 빨리 이 감각을 익혀야겠다는 마음 반이었다.

이십 대 때 세연의 우상은 여성 변호사나 여성 과학자가 아니라 커트 코베인이었다. 천재적인 재능 때문에 발견되지 않을 수 없었지만, 발견되어 MTV의 카메라들 사이에 둘러싸여 버리자 상업주의의 뻔함에 포섭되었다는 자괴감 때문에 내내 우울증을 앓다가 총으로 자살해버린 커트 코베인 말이다. 세연은 그를 모델로 한 영화와 그 영화에 나오는 캐릭터의, 우울증 때문에 떡 진 머리까지도 사랑했다. 커트의 흐늘거리던 글씨와 쉰 목소리와 더러운 줄무늬 셔츠와 '천천히 사라지

는 것보다는 타버리는 게 낫다'는 유서의 한 구절
을. 그때는 온몸을 던진 저항을 의미하던 것들, 세
연이 마음을 바쳐 경배하고 떠올리는 것만으로
마음이 참을 수 없이 뜨거워지던 그것들이 이제
이 학생들에게는 여자들을 절대로 벗어날 수 없
는 비참함에 묶어놓는 무기력과 패배주의의 상징
이 되어 있을 것이라는 생각이 들었다. 그런 분위
기를 전파하며 우리 같이 아프자, 더 많이 아프자,
아픈 채 그대로 있기만 하자, 그게 멋있으니까, 여
자들이 그렇게 서로를 독려해서 이렇게 목소리
없고 가난하며 끔찍한 상태에 머무르게 된 것이
라고 그들은 화를 낼 게 분명했다.

　세연은 머릿속이 정리되지 않았다. 이곳에는
도저히 답이 없으니 삶에서 불필요한 것들을 빨
리 정리하고 정상으로 올라가 떠나겠다는 이 학
생들을 지난 시대의 관점으로 판단하는 일이 공
정한지 혹은 유효한 것인지 알 수 없었고, 자신의
사고에 믿음을 가질 수가 없었으며, 자신이 낡은
사람이라는 위기감, 이미 많이 뒤처졌고 이제는
있는 힘껏 지금을 따라잡아야 한다는 생각 때문

에 주관이 더더욱 흐트러졌다. 이 학생들이 정확히 어떤 환경에서 자라났고 살고 있는지 알 수 없었고, 자신의 가치관이 그들에 비하면 여유 있는 환경에서 만들어진 것 같다는 생각만 막연하게 들었다.

　—멀어졌다가 다시 만난 친구라…… 글쎄요. 다시 만나고 싶다는 생각은 있죠. 있나? 잘 모르겠다. 그 친구는 저보다 자기한테 쌍욕을 하고 남들 다 보는 앞에서 머리를 타탁 때리는 남자친구를 소중하게 여기는걸요. 사귀면서 너무 심한 대접을 받길래 제발 헤어지라고, 너 그거 데이트폭력이라고, 경찰서까지는 안 가더라도 헤어지기는 하라고 말했더니 울면서 알았대요. 그런데 저한테 상담을 받고 다음 날이면 또 개랑 만나고 있어요. 만나서 맞고 있어요. 몇 달을 계속 그러는 거예요. 도저히 못 보겠어서 그냥 관계를 끊었어요. 모르겠어요, 다시 친해질 수 있을지. 자신이 소중한 걸 왜 그렇게 모르는 거죠? 너무 배신감이 들어요. 저는 정말 그 친구를 구해야 한다고 생각해서, 온 마음을 다해, 시간과 노력을 들여서 상담

을 해주고 조언을 했는데, 못 잃어요 걔는. 남자를 못 잃어요. 무시당하고 또 무시당하는 기분이어서……. 이런 게 경멸인가요? 제가 계몽을 하고 있는 거예요? 아니지 않나요? 경멸이라면 그 친구가 저한테 하고 있겠죠. 저는 우선순위에서 밀렸어요. 소외당했다고요. 아무리 그 친구를 아껴도 걔한테는 1순위가 될 수 없는데, 이런 마음을 품고 다시 만나는 게 의미가 있을지……. 누구를 구하겠다는 말이 이제는 무의미하게 느껴져요. 따라올 사람은 따라오겠죠.

야구모자를 눌러쓴 또 다른 학생은 그렇게 말했다.

세연은 인터뷰 파일을 일시정지했다. 머리가 아파 잠시 쉬어야겠다는 생각으로 페이스북에 접속했더니 진경의 글이 보였다. 진경이 자신에게 화를 내고 있음을 알았지만 무엇을 어떻게 해야 할지 모르겠어서 세연은 그냥 한 줄짜리 일기를 쓰고 접속을 끊었다. 하지만 하루 종일, 병원에서 보냈던 주말 내내, 책을 쓰라고 제안받은 날부터 지금까지, 아니 그전에도 한결같이, 세연은 진경을 떠올리고 있었다.

*

윤슬은 오랜만에 서울에 올라왔다가 진경과 약
속을 잡았다. 정말 오랜만이었다. 윤슬은 기쁘게
가장 좋은 옷을 꺼내 입었고, 선글라스를 꺼내 머
리에 걸쳤다. 덕수궁 근처 수제비가 맛있는 집에
서 진경을 만났다. 점심을 먹고 나서는 가까이에
있는 서울시립미술관에 가서 일곱 명의 한국 작
가가 참여한 전시를 관람했다. 그림을 보는 내내
진경이 설명을 해줘서 도슨트가 따로 필요 없었
다. 그저 보이는 대로 감상을 말하고 자신의 해석
을 덧붙이는 것뿐인데 한 마디 한 마디가 미학 서
적에서 빠져나온 것 같았다. 그렇게 말했더니 진
경은 웃었다.

하지만 커피를 마시러 가서 마주 앉았을 때, 윤
슬은 진경이 또박또박 그림을 해설하면서도 한편
으로는 내내 다른 생각을 하고 있었다는 걸 알았
다. 진경의 입에서 나온 건 세연이라는, 진경이 늘

말하던 출판 일을 하는 친구 이야기였는데, 이야기가 길어져서 윤슬은 자기 이야기를 많이 할 수 없었다. 기르던 개가 새끼를 네 마리 낳았다는 이야기, 네 마리 모두 좋은 곳에 입양이 되었는데 어미가 울적해해서 걱정이라는 이야기 정도였다.

—나 개 냄새 나지.

아뇨, 진경은 웃었다. 그러고는 코를 킁킁거렸다.

—나나? 나는 것 같기도. 언니는 건강해 보여서 부럽네요. 나는 왜 이럴까.

운동을 해. 하루에 30분씩은 꼭 햇빛을 보고. 윤슬은 그렇게 말하려다 말았다. 진경은 그렇게 하지 않을 테니까. 이런 단순한 정답은 말해도 말해도 안 들릴 테니까. 윤슬 역시, 지금 진경과 마찬가지로 무슨 말도 와닿지 않을 만큼 힘겹던 시기가 있었다. 마흔넷, 마흔다섯, 지금 진경이 지나가고 있는 그 나이가 딱 그랬다. 세상에서 자신이 제일 싫었다. 자신도 싫었거니와 그 싫은 자신을 조금이라도 견디며 살려면 영양제를 먹고 운동을 하고 밝고 좋은 것들을 챙기기 시작해야 한다는 사실이, 나이 듦을 인정해야 한다는 것이, 더더욱 싫었다.

윤슬에게는 아이가 없었다. 이혼은 쌍방 과실이라고 생각했다. 윤슬은 집안일을 거의 하지 않았고, 촬영 때문에 지방으로 내려가면 작업에 흠뻑 빠져 집에 연락을 해야 한다는 사실 자체를 아예 잊어버리곤 했다. 남편은 그런 윤슬을 견디지 못하고 끊임없이 의심했다. 이혼한 뒤로는 먹여 살릴 식구 없이 한 몸만 챙기면 됐지만, 그 일이 생각처럼 쉬운 건 아니었다.

윤슬은 포토그래퍼였다. 세 살 많은 남자 선배 김과 함께 공동으로 실장 직함을 달고 스튜디오를 운영했다. 하지만 하고 싶은 일의 방향은 크게 달랐다. 김은 배우나 가수들을 섭외해 화려하고 감각적인 상업사진을 찍는 것으로 유명해지고 싶어 했지만, 윤슬은 다이앤 아버스 같은 작가가 되고 싶었다. 돈이 좀 모이면 독립해서 혼자만의 스튜디오를 차리는 게 꿈이었는데, 월급만으로는 그럴 수 없었다. 나이는 한 살 두 살 먹어가는데, 스튜디오로 들어오는 잡지와 화보 촬영만으로는 영원히 꿈을 이룰 수 없을 것 같아서, 윤슬은 김에게는 비밀로 하고 따로 아르바이트를 뛰기 시작했다. 웨딩 촬영을 하고 유치원 행사 촬영을 나갔다. 주말에도 밤에도 쉬지 않았다. 그런데 그 일이 알려졌고, 그것뿐이면 좋았을 텐데 일하던 바닥에서 소문이 나쁘게 났다. 일을 따내려고 이 남자 저 남자 가리지 않고 들이댄다는 말이 돌았다. 김은 윤슬에게 별다른 말을 하지 않았지만 어느 날 후배들이 다 듣는 술자리에서 조용히 몸을 굽히더니 딱하다는 말투로 속삭였다. 그렇게 궁하면 나한테도 한번 주지그래.

지금이라면 모두의 지탄을 받을 일이었지만, 그때는 세상이 달랐다. 결국 윤슬은 일을 그만두고 고향으로 내려갔다. 그때 윤슬에게도 이런저런 위로와 조언을 해주던 사람들이 많았다. 들리지 않았다. 그때는 그저 죽고 싶다는 생각뿐이었다.

그런데 부모님의 농장 일을 도우면서, 개들을 산책시키고 닭들에게 모이를 주고 땡볕 아래 나가 모종을 심으면서 본의 아니게 건강을 되찾게 되었다. 정말 본의 아니게, 거의 강제로, 우선 몸이 튼튼해졌고, 이어서 마음이 단순해졌다. 회한

이나 원망 같은 탁하고 시디신 감정이 올라올 때도 있었지만 뙤약볕 속에서 땀을 흘리다 보면 끝내는 말라버렸다.

3년 전 마침내 빚을 다 갚던 날, 윤슬은 카메라를 샀다. 다시는 사진 같은 건 찍지 않겠다고 생각하며 팔아버린 카메라보다 두 배쯤 비싸고 좋은 기종이었다. 윤슬은 개들의 눈망울과 겨울 산과 계곡에 흐르는 물을, 새들이 모이를 찾아 헛되이 종종거리며 뛰어다니는 텅 빈 들판을 찍었다. 다시는 사람 사진은 찍지 않겠다고 마음먹었지만, 사람도 결국에는 다시 찍게 되었다. 농장에서 일하는 사람들을 찍다가, 마을 사람들의 생일잔치를 찍었고, 서울로 올라와 지인들의 사진을 찍었다. 인터넷으로 주문을 받아 조금씩 촬영을 나가게 되었다. 주문은 많지 않았지만 그것만으로도 좋았다. 어쨌든 그런 식으로 아물아물 돌아오는 삶도 있었다.

─언니, 내가 아파 보여요?

진경이 물었다.

─아니, 그렇지는 않은데. 왜?

진경은 대답하지 않고 웃었다. 그러더니 말하기 시작했다.

　—세연이가 제 고등학교 동창이거든요. 교련 시간에, 둘씩 짝을 지어서 머리에 붕대를 감는 걸 했어요. 실기시험을 봤어요, 그걸로. 그때 저는 의자에 앉아 있었고, 걔가 제 머리에 붕대를 감았는데요. 한참 붕대를 감다가 걔가 갑자기 어? 그러는 거예요. 어? 어? 왜 이러지? 알고 보니 붕대가 모자랐던 거예요. 마무리를 어떻게 해야 했더라? 묶어서 매듭을 지었나, 아니면 밑으로 접어 넣었나, 둘 중 하나였는데. 아무튼 그걸 할 수가 없었나 봐요. 붕대가 갑자기 콱 조여들어서 제가 악! 소리를 질렀더니, 세연이가 아 어떡해, 미안해, 이러는 거예요. 모자라니까 당기면 될 줄 알고 당겼나 봐요. 내가 머리가 그렇게 컸나? 어쨌든 걔는 시험을 망쳤고, 정작 저는 어떻게 시험을 봤는지 기억도 안 나요. 그 충격이 너무 커서. 그때도, 지금도, 아무리 생각을 해봐도 너무 이상해요. 제가 머리가 그렇게 큰 편은 아니잖아요? 그런데, 요즘 이상하게 그 일이 자꾸 떠올라요. 붕대가 모자랐

던 일이. 저는 보통 붕대로는 안 되나 봐요.

　―걔 붕대가 짧았던 거겠지.

　―그럴까요?

　―그럼.

　―언니, 사람들이 저를 많이 좋아해주는 거 아
는데, 저는 왜 이렇죠?

　뭐가 왜 이런데, 윤슬은 그렇게만 대답했다. 진
경에게는 항상 그렇게 질문에 질문으로 대답하
고, 말을 빙글빙글 돌리게 됐다. 둥그런 대답을 원
하는 사람에게 매몰찬 말을 해서 다치게 하고 싶
지 않았다. 진경을 위해서라기보다는, 잃고 싶지
않아서였다. 윤슬은 이제 오십 대 중반이었고, 페
이스북을 통하지 않으면 사람들과 대화라는 걸
할 기회가 별로 없었다. 아무리 혼자서 자존감이
충만한들, 자신은 이제 젊은 사람들에게는 말이
통하지 않는 느티나무나 바위 같은 존재, 사람이
라기보다는 무채색 풍경의 일부라는 사실을 받아
들인 지 오래되었다. 너무 가까이 가서는 안 된다.
찬물을 뒤집어쓰는 수모를 당하고 싶지는 않으
니까.

뉴스를 보고 이슈에 관한 의견을 적어 올리면 어째선지 페친이 뚝뚝 끊겼다. 거리를 지나다 성인용품점을 보고 걱정 섞인 일기를 적어 올렸을 뿐인데 사람들이 담벼락에 찾아와 심하게 화를 낸 적도 있었다. 그들이 왜 청소년 혐오라는 말을 하며 화를 내는 건지 윤슬은 알 수 없었다. 일곱 살쯤이었나, 반찬 투정을 하다가 집에서 쫓겨나 맨발로 현관문 밖에 밤까지 서 있었던 적이 있다. 진경이 댓글로 도와주지 않았더라면 윤슬은 그때 그 아이처럼 황망한 기분을 느끼며 뜬눈으로 밤새 컴퓨터 앞에 서 있어야 했을 것이다. 지금 하시는 말씀이 맞기는 맞는데요, 진경은 적었다. 하지만 이 글의 초점은 그게 아닌데, 그 한 줄만 보고 페친도 별로 없는 분의 포스팅에 이렇게까지 몰려와 화를 내다니 너무 심하신 것 아닌가요. 아무튼 윤슬은 그 뒤로 일기를 쓰는 일이 두려워졌다. 세상이 변해간다는 것은 알고 있었으나, 그 흐름의 중심을 향해 헤엄쳐 갈 나이는 지났다. 뒤로 물러나 물결에 실려 간다. 퇴적된 지층의 일부가 되어. 별다른 기여를 할 수 없으니 목소리를 높여 지분을 주장하지도 않는다. 윤슬에게도 치열하던 시간이 있었고, 이제는 힘주어 살기보다는 영화처럼 삶을 볼 시간이었다. 자신과 다른 사람들의 삶을.

통속에 물들고, 싸구려 감상에 젖는 일이 윤슬은 그렇게 서글프지 않았다. 하지만 진경을 볼 때면 자꾸만 미련이 생겼다. 진경과 대화하고 있으면 나이를 잊어버리곤 했다. 진경은 아직 세상의 중심 쪽에 가까워 보였다. 그렇기 때문에 힘들어하는 것이겠지. 삶의 어떤 부분을 놓아버리면 편한데 아직 놓지 못하는 것이다. 서울을 포기하고 지방에 내려가면서 윤슬이 받아들인 주변부의 감각, 이제는 자신이 주인공이 아니라는 감각을 진경은 아직 받아들일 수 없는 것 같았다.

SNS에 집착하지 말라고요? 저는 못 하겠어요, 언니. 진경은 말했다. 우리가 현실에서 무슨 말을 할 수 있는데요? 다음 수업 시간 교재는 어디에 있습니다, 여섯 개짜리 세제 묶음을 어디서 사면 싸요, 오늘 저녁은 먹고 들어갈게, 요즘은 일 때문에 정신이 없어, 혈압이 제일 큰 문제야, 그다음은

간이고, 그 새끼 정말 미친놈이라니까, 그런 말들 이상의 말을 얼굴을 보며 할 수 있어요? 그런 말들만 하며 사는 게 삶이에요? 저는 오늘 아침 방 한구석에서 발견한 거미줄을 보고 왜 눈물이 났는지, 왜 내가 재즈보다 포크를 일곱 배쯤 좋아하는지, 무조건이라는 말을 들으면 왜 가슴에 통증이 느껴지는지, 말할 사람이 필요해요. 그 정도도 원하면 안 되는 거예요?

젊다기보다는, 진경은 사십 대인데도 철이 없었다. 속에 어린애가 들어 있었다. 강하지 못했지만, 맑고 깨끗했다. 한없이 마음을 내주고 싶었다. 사실 아까부터 윤슬이 하고 싶었던 말은, 자기는 그 친구를 왜 그렇게 좋아해?였다. 그 친구는 자기한테 관심도 없는 것 같은데. 그렇게 일방적인 관계는 친구가 아냐.

하지만 그건 윤슬이 자신에게 하고 싶은 말이기도 했다. 왜 나는 진경을 이렇게 좋아할까? 진경은 똑똑하고 사랑스러운 아기 엄마였지만, 뼛속까지 도시 사람이었고, 개와 개 냄새를 싫어했다. 자연을 지루해했고 졸려 했다. 나처럼 나이 든 사람과 절친이 되어주진 않겠지. 가끔 이렇게 데이트를 해줄 뿐. 그러니 직설을 할 자격은 내게 없다. 쓴소리를 할 권리는 전적으로 절친의 것이니까.

그래서 윤슬은 입을 다물었다. 그렇게 매일같이 마음이 힘들다면 상담을 받고 치료를 받아야 한다고, 약을 챙겨 먹으라고, 말하지 않았다. 괜찮다고, 아니라고, 예쁘다고, 그렇게 달콤한 말들만 해주면서 이래도 되는가 싶을 때가 있었지만, 그 말들을 듣고 진경이 어떻게든 괜찮아지기를, 더 힘들어지지 않기를 바랄 뿐이었다. 페이스북에서 진경에게 친한 척을 하며 접근하는 남자들 가운데 속이 시커멓고 바닥이 빤해 보이는 인간들이 몇몇 두드러져서, 그런 인간들에게 대꾸를 해주지 말고 잘라버리라고, 상대를 해주니까 그자들이 자꾸만 지분거리는 게 아니냐고 말하고도 싶었지만, 책에서 읽은 바에 의하면 그것은 '여성혐오' 내지는 '피해자 비난'에 해당하는 행동이 되리라는 생각이 들어 생각을 고쳐먹었다. 나도 그렇게 당했던 일을 젊은 사람에게 또 되돌려주면 되나. 윤슬은 침묵을 지켰다.

　죄송합니다, 아무래도 저는 자격이 없는 것 같습니다, 경혜는 다시 말했다. 수화기 저편에서 아쉬워하는 한숨 소리가 들렸다. 알겠습니다, 그러면 선생님께서 추천해주신 황채이 씨와 연락을 취해보겠습니다, 감사합니다. 전화가 끊어졌다.

　채이가 어떻게 생각할지 경혜는 알지 못했다. 응하지 않을 가능성이 더 높아 보였다. 지금 채이에게 필요한 것은 이런 인터뷰 자리를 물어다 주는 것이 아님을 경혜는 알았지만, 이런 일이라도 하고 싶었다.

　여자들 사이의 우정을 테마로 한 책을 기획 중이라고 그 기획자는 말했다. 인터뷰를 해주셔도 좋고, 선생님께서는 직접 글을 써주셔도 좋을 것 같습니다. 우정요? 저는 친구라 할 만한 사람이 없는걸요. 전부 친했다가 헤어진 사람들만 있지. 경혜가 그렇게 대답하자 그런 이야기도 좋다는 대답이 돌아왔다. 여자들이 돈독한 우정을 쌓아온 이야기도 좋지만, 어떤 연유로 서로 멀어지고,

또 그 갈등을 어떻게 극복하는지, 혹은 극복이 안 되었는지, 그런 이야기도 좋습니다. 그런 경험담을 모아서 책으로 펴내려고 해요. 선생님께서는 여기저기 여성주의 관련 글도 많이 쓰셔서 호응도 높을 것이고, 독자들이 많이 궁금해할 거라고 생각됩니다.

전화를 받는 동안 경혜는 몇 번이나 고개를 갸웃했다. 나이브하다는 생각이 우선 들었다. 요즘은 이런 것도 장사가 되는구나, 하는 생각도 들었다. 정말로 그런 이야기를 글로 쉽게 써낼 수 있다면, 말씀하신 것처럼 한 달 정도의 마감 기간 동안에 말이에요, 그렇다면 친구였던 그 많은 여자들이 왜 헤어질까요. 말로 정리할 수 없을 만큼 마음이 아프고 복잡하니까 관계가 끝나는 거 아니겠어요. 그렇게 말해주고 싶었다. 한편으론 어린 시절 친구 이야기나 쓸까, 같이 들국화를 좋아하던 동네 친구 이야기로 따뜻하고 무해한 몇십 매를 써서 손가락 운동이라도 해볼까, 이 죽은 듯한 시간을 모른 척 다시 살기 시작해볼까, 하는 생각도 들었지만 그만두기로 했다. 채이를 떠올리지 않고 친구라는 단어를 문서에 써넣을 수는 없었다.

30년만 젊었으면 좋았을걸, 채이를 보며 경혜
는 그렇게 생각했다. 그랬더라면 이 친구와 코인
노래방도 가고 스티커 사진도 찍고 매일같이 술
도 마시고 사람들 칭찬도 하고 험담도 나누며 어
울려 다녔을 거라고 생각했다. 채이는 영특하고
글을 잘 썼다. 경혜로서는 상상할 수 없을 만큼 용
감했고, 믿을 수 없을 만큼 당찼다. 경혜 역시 30
년 전에는 그랬을까. 그렇지 않았다. 경혜는 무엇
이 잘못인지조차 알지 못했다. 늘 자신이 잘못이
라고만 생각했다. 그래서 입을 다물고 도망을 다
니고 싫어도 억지로 웃었다. 어떻게든 웃으며 버
텨서 지금의 자리까지 왔다.

선생님 저랑 친구 할래요? 그렇게 먼저 말한 건
채이였다. 시민들을 대상으로 경혜가 가끔씩 하
는 강의마다 맨 앞자리에 교복을 입고 앉아 있던
고등학생이 경혜의 학교에 들어왔다. 곤란해요,
경혜는 말했다. 왜요? 나는 교수고 채이 학생은
학생이잖아요. 채이는, 에이, 그런 건 너무 구식이
지 않아? 그렇게 먼저 말을 놓아버렸다. 뭐 이렇

게 당돌한 애가 있지. 경혜는 웃을 수밖에 없었다.

그렇지만 교수실에서 채이와 나눈 그 많은 대
화를, 돌려받지 못할 것을 걱정하지도 않고 열심
히 빌려주고 소개해가며 함께 읽은 책들을, 오직
서로에게만 지어 보일 수 있던 미소를, 우정 말고
다른 어떤 단어로 부를 수 있을까? 아무에게도 할
수 없는 가족사 이야기도 경혜는 채이에게는 할
수 있었던 것이다.

채이가 A교수의 추행 사실을 고발하는 대자보
를 써 학생회관 벽에 붙인 날, 경혜는 채이에게 30
번쯤 전화를 걸다가 문자로 물었다. A가 혹시 천
이니? 그렇다는 답이 돌아왔다. 경혜는 화장실에
가서 문을 잠그고 입을 틀어막았다. 눈물조차 나
오지 않았다. 천은 대학 때부터의 후배였고, 경혜
를 누나라고 부르며 살갑게 대했다. 천이 결혼한
뒤로 멀어졌지만 사석에서 만나면 여전히 몇 시
간이고 깔깔거리며 이야기를 나눌 만큼 추억거리
가 많았다. 채이도 그것을 알았기에 자신에게는
내내 아무 말도 하지 못했음을 경혜는 깨달았다.

대자보는 오래지 않아 뜯겨 나갔고, 천은 곧바

로 채이를 고소했다. 몇 주 사이에 핼쑥해진 채이를 데리고 경혜는 변호사 사무실에 찾아갔다. 그날 택시 안에서 채이는 마치 그들이 친해지기 전으로 돌아간 것처럼, 처음 보는 사람처럼, 경혜를 선생님이라 부르며 존댓말을 썼다. 칼럼을 써달라고 부탁했다. 경혜가 격주에 한 번씩 일간지에 연재하는 칼럼이 있었는데, 거기에 천의 이야기를 써서 세상에 알려달라는 것이었다. 실명이 힘들면 이니셜로라도 써달라고, 제자이자 학생으로서 처음이자 마지막으로 드리는 부탁이라고 했다.

상담이 끝나고 채이가 화장실에 간 사이에 변호사는 경혜에게 말했다. 절대로 그렇게 하시면 안 됩니다. 실명을 안 쓰셔도 놈은 고소해요. 교수님을 고소하는 게 아니고 저 친구를, 채이 씨를 또 걸 거예요, 민사로. 교수님에겐 손끝 하나 대지 않겠지만 저 친구를 두 배로 세 배로 괴롭힐 겁니다. 오직 저 친구만 괴롭힐 거예요. 남초 사이트를 이용해 여론을 뒤집고 악성 루머를 퍼뜨릴 거예요. 최근 들어 종종 나타나는 패턴이에요. 위협으로가 아니라, 죄책감과 무력감이 들게 해서 연대자가 스스로 연대를 그만두게 만들고 피해자를 고립시키는 겁니다. 불기소가 날 확률이 높으니 그냥 조금만 기다려봅시다.

경혜는 기다렸다. 그러나 아무 일도 하지 않고 채이를 그냥 보고 있는 것은, 변호사가 예측한 상황을 눈앞에 그려보는 일보다 훨씬 힘들었다. 동료라고 생각했던 사람들이 천을 위한 탄원서에 연명을 부탁하러 찾아왔다가 경혜의 표정을 보고 그냥 돌아갔다. 그날부터 경혜는 학교에서 고립되었다. 누나, 나랑 얘기 좀 해. 하루에 수십 통씩 그렇게 문자를 보내오는 천 외에는 아무도 경혜에게 연락을 하지 않았고, 복도에서 마주쳐도 시선을 피하고 지나갔다.

경혜는 사흘 밤을 새워 칼럼을 써 보냈다. 다음 날 데스크가 직접 전화를 걸어왔다. 경혜의 프로필에 학교 이름이 있어서 특정이 된다고 했다. 신문사가 함께 고소당할 수 있어서 게재가 불가능하다는 이야기였다. 문장들을 이리저리 고치고, 문제가 될 만한 단어들을 빼다가 경혜는 칼럼 원고를 휴지통에 버렸다. 다시 글을 썼다. 이번에는 일주일이 걸렸다. 국문학도로 공부를 시작한 뒤로 경혜는 그렇게 힘들고 어려운 글을 써본 적이 없었다. 자신의 이름 없이, 천에게 보내는 격문을 써서 아무도 없는 시간에 학생회관 벽에 붙였다. 채이의 대자보가 붙어 있다가 떨어져 나간 자리였다.

그 글도 금세 떨어져 나갔다. 하지만 학생 중 누군가가 사진으로 찍었는지 며칠 후부터 인터넷 여기저기에 공유되기 시작했다. 그 글을 쓴 것이 경혜라는 말도 덧붙여져 있었다. 아마도 탄원서에 서명한 사람들 중 한 명이 소문을 냈을 것이다. 하지만 어째서인가. 경혜는 자신이 쓴 단어 하나하나, 문장 하나하나를 뜯어내듯 되풀이해 읽어보았다. 이 글 어디에 그렇게 내가 많이 들어 있는가. 나는 채이의 부탁을 떠올리며 한 글자 한 글자를 썼는데, 이 분노에는 채이의 고통이 아니라 빨리 죄책감을 벗고 자유로워지고 싶어 하는 내가 더 많이 들어 있었던 건가? 써도 힘들어지고 안 써도 힘들어진다면, 나는 쓴다는 행위로 나에게 면죄부를 주려고 했던 건가? 이 안에 내가 살고 싶다는 마음이 없었을까? 이렇게 아무 말도 하지 않는 교수들과 함께 침몰하는 게 아니라, 무언가 행동을 해서 안전한 뭍으로 헤엄쳐 가지 않으면 안 된다는 마음이 말이다……. 경혜는 점점 알수가 없어졌다. 사람들은 출간한 지 한참 지난 경혜의 옛 저서들을 찾아내 거론했고, 왜 절판이냐고 출판사 계정에 질문까지 하고 있었다.

채이에 대한 명예훼손 고소 건은 불기소가 났고, 교수직에서 잘린 천은 더 이상 액션을 취하지 않았다. 채이에게 날아오던 협박 문자도 끊어졌다. 변호사는 경혜가 쓴 대자보 이야기를 꺼내며 왜 말을 듣지 않으셨느냐고 화를 냈다. 경혜는 도중에 전화를 끊어버렸다. 그 애는 내 친굽니다, 경혜는 그렇게 말하고 싶었다. 그러나 그것은 얼마나 순진하고 한가한 생각이었던가. 같은 글을 썼는데도 경혜는 갑자기 투사 취급을 받으며 여러군데에서 들어오는 원고 청탁을 거절하고 있었고, 결국 휴학계를 낸 채이는 트위터 닉네임으로만 알려진 채 공황 증세로 병원에 입원해 있었다.

채이의 병실에 찾아갔던 날, 경혜는 인스타그

106

램을 훑다가 채이의 후배로 보이는 한 학생의 포스팅을 보게 되었다. 사진 속 병실에 놓인 꽃병이 그날 경혜가 보고 온 꽃병과 같았다.

'이런 말을 하면 채이 언니는 화를 내겠지만 나는 가끔씩 견딜 수가 없다. 함께 싸워주던 사람들이 그렇게 많았는데 왜 우리 언니는 이렇게 혼자지. 왜 항상 혼자 병실에 있어. 언니의 고통이 어떤 사람들에게는 결과적으로 영광이 된다. 인간에게는 왜 말이 있을까. 언제나 말, 말, 말들뿐이다.'

그 포스팅은 몇 시간 뒤 지워졌다. 하지만 경혜는 그 뒤로 몇 달이 지나도록 채이에게 연락할 수가 없었다. 이곳저곳을 통해 근황을 확인할 뿐이었다. 선생님, 정말 고마워요. 더 이상 고맙다고 말할 수 없을 정도로 고마워요. 제가 빨리 나아서 연락할게요. 그날 병실에서 채이는 그렇게 말하며 경혜의 손을 잡고 활짝 웃음을 지어 보였다. 하지만 경혜가 정말로 채이의 친구였다면, 채이는 고맙다는 말 같은 건 하지 않았을 것이다. 괜찮다는 말, 이제 그만 가시라는 말도 하지 않았을 것이다. 친구라는 이름은 그런 말이 필요 없을 정도로 함께인 게 당연한 사람, 조금 더 제대로 함께인 사람에게 어울리지 않을까.

경혜가 친구였다면, 채이는 가지 말라고, 함께 있어달라고, 내일도 와달라고, 무섭다고, 견디기 힘들다고, 말을 했을 것 같았다. 커피를 사다 달라고, 하나도 괜찮지 않다고, 빨리 나가고 싶다고, 했을 것이다. 그렇게 애써 웃어 보이며 거리 두기를 하지 않았을 것이다. 경혜는 그렇게 생각할 수밖에 없었다.

*

형은은 그 일로 채이와 싸웠다. 채이는 형은에게 화를 내며, 경혜 쌤은 그런 말을 들을 분이 아니야, 하고 소리쳤다.

―내 부탁에서 시작된 일이었어. 형은아, 내가 부탁했다고. 하기 쉬운 일이었다고 생각하지 않고, 난 쌤한테 진심으로 고마워. 아무것도 하지 않는다고 화를 내다가, 무언가를 하니까 또다시 당

신은 자격이 없다고 비난하는 건 연대가 아니야.
그건 그냥 미움이야. 가진 것이 다르고 서 있는 위
치가 다르다고 해서 계속 밀어내고 비난하기만
하면 어떻게 다른 사람과 이어질 수 있어? 그리
고, 사람은 신이 아니야. 누구도 일주일에 7일, 24
시간 내내 타인의 고통만 생각할 수 없어. 너는 그
렇게 할 수 있니? 너도 그럴 수 없는 걸 왜 남한테
요구해?

　형은은 화가 났고, 화가 난다기보다는 서러웠
다. 어떻게 내게 이런 말을 할 수 있을까? 채이가
신이 되어달라고 했다면, 형은은 기꺼이 그러려
고 노력했을 것이다. 최선을 다해. 언니는 결국 나
보다 선생님을 좋아하는 거구나, 형은은 생각했
다. 나와 선생님 가운데 한 사람을 고르라면, 선생
님을 고를 거구나. 그 선생님이 무엇을 잃었는데?
언니를 생각하면서 나만큼 울었을까? 가진 게 없
어서, 줄 수 있는 게 눈물밖에 없어서, 이리 뛰고
저리 뛰다가 시커멓게 썩어가는 이런 마음을 그
선생님이 알까?

　형은은 선생님들이 미웠다. 선생님들은 언제

나 자리에 가만히 앉아 우아한 말만 할 뿐이잖아요. 그 말들로 강연을 열고 책을 팔고 포트폴리오를 채우잖아요. 욕설이 필요한 곳에 위험을 무릅쓰고 욕 한마디 시원하게 해주지 않고, 아무도 해주지 않아서 결국 어린 사람들이 눈을 까뒤집고 나서면, 입에 걸레를 물고 욕을 하면, 선을 긋고 없는 사람 취급하잖아요. 형은이 그렇게 말하면 몇몇 선배들은 대답하기도 했다. 형은아, 네가 잘못 알고 있거든. 그분들이 아무것도 하지 않은 게 아니야. 왜 존재하는 사람들의 역사를 지우고 그들이 한 일을 지워? 선배들은 그렇게 말하며 책을 펴서 읽어주고 오래된 다큐멘터리 영화를 틀어 보여줬다. 저기 봐. 네가 그렇게 미워하는 선생님들이 뭘 하고 있는지. 몸으로 바리케이드를 쳐서 경찰을 막고 있어. 혐오발언 하는 사람들한테 얻어맞고 있다고. 지금 우리가 하고 있는 거, 그분들도 젊은 시절에 다 했거든? 아니 우리 이상으로 했거든? 너는 이 세상이 지금 이 모양으로 하늘에서 뚝 떨어져 내린 거라고 생각하니? 우리 전에는 이런 싸움을 한 사람들이 없었을 것 같아? 그렇지 않아. 다 기록되어 있어.

그런 말을 들으면 형은은 되묻곤 했다. 그럼 우리의 역사는 왜 아무도 기록해주지 않아서 이렇게 흩날리기만 하죠? 왜 우리는, 아무도 인정해주지 않아서 항상 우리뿐인데요? 아무도 우리에게 힘을 주지 않으니까 우린 가진 것도 내세울 것도 경쟁할 것도 고통밖에 없잖아요.

—시간이 지나야 해. 서로를 배우려고 노력해야 하고 그 일에는 시간이 걸려.

선배들은 그렇게만 말했고, 형은의 귀에 그 말은 공허한 꼰대질로만 들렸다. 형은은 결국 날카로운 말들을 잔뜩 뱉어놓고 동아리를 그만두었다. 시간이 지나야 한다고, 기다리라고 선배들은 말했지만 어떤 사람들의 시간은 그렇게 쉽게 지나가지 않는다고 형은은 생각했다. 형은은 선생님들과는, 선배들과는 다른 사람이 되고 싶었다. 시간이 지나 너무 늦어버리기 전에 움직이는 사람, 항상 제일 먼저 곁으로 달려가는 사람, 힘을 가진 사람들의 너그러운 시혜 없이도 친구들을 지켜내는 사람이 되고 싶었다. 하지만 언니조차도, 형은이 그렇게 좋아하고 존경하는 채이 언니조차도 결국 형은에게 실망했다. 그러니 형은은 어딘가 잘못된 사람인 게 분명했다. 형은의 눈에서는 눈물 대신 깨진 유리 조각이 흘러나와서, 땅에 떨어진 그 조각들을 밟은 사람들이 다쳤다. 자꾸만 그렇게 됐다.

'형은아, 전화 좀 받아.'

채이에게서 문자가 온 건 연락을 끊은 지 석 달이 지난 어느 날이었다.

엄마의 옛날 직장 후배라는 분에게 전화가 왔었다. 만나서 의논할 게 있으니 시간 되는 대로 한번 나와달라는 말이었다. 무슨 일이시냐고 물었더니 꼭 얼굴을 보고 이야기하고 싶다는 답이 돌아왔다. 엄마가 어디가 아프구나, 아픈데 나한테는 말하지 않은 거구나, 형은은 생각했다. 엄마가 중병에 걸린 게 아니라면, 옛날 직장 선배의 딸을 불러내 얼굴을 보고 의논할 일이라는 게 또 뭐가 있을까? 형은은 두려웠다.

형은이 전화를 받지 않자 채이는 다시 문자로 물었다.

'인스타 봤어. 엄마가 어디 편찮으신 거니?'

'잘 모르겠어.'

형은은 겨우 대답했다. 반가움인지 원망인지 알 수 없는 감정으로 마음이 심하게 요동쳤다.

'너 괜찮아?'

형은은 대답하지 않았다.

'부탁이다. 전화 좀 받아봐.'

채이는 다시 말했다. 벨이 울리기 시작했다. 형은은 열 번쯤 심호흡을 하다가 수화기를 귀에 가져다 댔다.

*

양상추를 깔고 연어와 양파를 그 위에 얹은 다음 케이퍼를 구석구석 올렸다. 리코타 치즈를 뚝뚝 떼 넣고 드레싱을 뿌리자 제법 그럴듯한 샐러드가 완성되었다. 효령은 와인을 따서 잔 두 개를 채웠다. 미리 만들어놓은 카나페도 상에 올렸다. 케이크에 숫자초 2와 6을 나란히 꽂고 불을 붙였다.

—선생님, 뭐 하세요. 빨리 오세요.

아이고 참, 그래 간다, 명옥이 중얼거리며 다가
왔다. 효령은 거실 등을 껐다.

—그런데 왜 26이야? 누가 스물여섯 살이야?

명옥이 물었다.

제가 스물여섯 살입니다, 효령이 손을 척 들어
올리며 대답했다.

—그래? 그럼 나는 열여섯 살 할래. 언니라고
부를게요.

명옥이 말했다. 효령은 피식 웃어버렸다.

—선생님이랑 저랑 알고 지낸 지가 올해로 26
년째예요.

—벌써 그렇게나 됐나?

—제가 회사 들어갔을 때가 스물넷, 그때 선생
님은 서른하나였나 그러셨으니까, 26년이 맞아요.

—징글징글하네.

—그렇죠.

아직 어린애 티가 채 빠지지 않은 신입사원이던
효령의 눈에 명옥은 까마득히 멀고 높고 존경스러
운 선배, 효령은 도저히 흉내 낼 수 없는 강건함을
지닌 사람으로 보였다. 그런 선배에게도 아이처

럼 막무가내인 면이, 이해할 수 없는 고집스러움이, 숱한 상처와 그 상처가 마음에 만들어놓은 딱딱한 껍질이 있다는 사실을 가르쳐주며 스물여섯 해가 지나갔다. 명옥은 2년 전에 퇴직을 했고, 효령은 올해 회사의 이사가 되었다. 그동안 명옥을 좀 더 오래 일할 수 있게 하려고 효령은 백방으로 노력했으나 자신의 힘만으로는 어떻게 할 수가 없었다. 명옥은 잘라 말했다. 싫다. 젊은 사람들 눈치 보며 회사 다니기 싫어.

　—얼마나 꼴 보기 싫겠니. 너는 젊었을 때 나이 든 사람들 보기 좋았니? 나는 아냐, 싫었어. 스무 살 때는 사람이 서른 살 넘어도 살아 있다는 게 이상하더라. 서른 살 때는 마흔 살인 사람들은 대체 어떻게 사는 걸까 생각했어. 그 칙칙함, 꾸물꾸물한 울분을 왜 우리가 떠받쳐줘야 하는 건가 싶었지. 나이 든 선배들이 똑바르고 훌륭하면 그렇지 못한 내가 미워서 그 사람들을 질투했고, 서투르면 나잇값도 못 하고 저렇게 서툴다고 흉을 봤어. 그냥 나이가 많다는 이유만으로 그 사람들이 싫었어. 지금 젊은 사람들은 안 그렇겠니? 나는 더 이

상 작은 글씨도 못 보겠고, 어린애들이 하는 말도 못 알아듣겠어. 깨달았으면 알아서 빠져줘야지. 억지를 쓰면서까지 자리를 지키긴 싫다, 효령아.

효령은 명옥이 하는 그런 말들이 듣기 싫었다. 아팠다. 명옥은 존엄을 지키고 싶다고 했는데, 쉰일곱 살이 벌써 그런 단어를 생각할 나이인가? 효령이 생각하기에는 전혀 아니었다. 앞으로 스무 해, 서른 해를 더 살아가야 할 텐데, 선생님은 몸이 시원찮아서 육체노동도 하실 수 없을 텐데.

효령은 5년 전에 한쪽 유방의 일부를 절개해 잘라냈다. 천만다행으로 초기 중에서도 초기라 전이도 없었고 항암 역시 안 해도 됐지만, 병이라는 것이 얼마나 지긋지긋하고 사람을 철저히 혼자로 만들어 시커먼 늪 속으로 가라앉히고 붙잡을 동아줄을 태워버리는지 토악질이 날 만큼 알게 되었다. 명옥이 혼자 병원에 다니며 약들을 타먹는 걸 볼 때마다 효령은 마음이 좋지 않았다. 올해 들어 명옥은 디스크가 심해져 대체로 자리에 누워 지냈다. 밥도 잘 챙겨 먹지 않아 냉장고는 텅텅 비었고, 어딘가 나사가 하나 빠진 사람처럼 TV

만 보고 있었다. 언제나 혼자라는 건 대체로 좋았다. 어디든 갈 수 있었고 누구의 허락도 받지 않아도 됐다. 하지만 나이가 들수록 안 좋은 면들이 튀어나오기도 했다. 말 그대로, 팝업처럼 갑자기 숫숫 튀어나왔다. 이를테면 암 같은 일들이.

작년에 대학에 들어간 형은이는 한참 바빴고 자기 문제들로 힘들다고 했다. 애 아빠가 그렇게 먼저 간 뒤로 걔가 진심으로 웃는 걸 본 적이 없어, 명옥은 말했다. 사고가 났을 때 명옥의 남편은 다른 여자의 집에 있다가 말다툼 끝에 술을 마시고 차를 몰고 나갔다고 했다. 정작 나는 죽어버린 걸로 됐다고 생각하는데, 그 애한테는 그게 회복하기 힘든 상처인가 봐. 아직도 저세상 있는 제 아빠를 미워해. 어쩌면 나도 미워할 거야. 내가 만나자고 해도 연락도 안 받아. 내가 제 아빠를 미워하지 않아서 바보 같다고 생각하는 것 같아. 결혼은 안 하겠대. 그건 다행이지만.

명옥의 동네에서 서울에 있는 형은의 학교까지는 버스로 왕복 네 시간이 걸렸다. 그 어린애에게 그런 걸 감수하라 할 수 없었다고 했다. 간신히 형은에게 자취방 한 칸 마련해주고, 남은 돈으로 낡은 아파트를 사서 깔고 앉았지만, 명옥은 하우스 푸어가 되었다. 앞으로 생활비를 어떻게 하실 거예요? 물어봐도 대책이 없었다. 반찬을 해서 보내고, 용돈을 보태주고, 서울에 일이 있을 때마다 차로 명옥을 픽업해 데려다주는 일을 하다가 효령은 귀찮아졌다.

—선생님, 우리 그냥 같이 삽시다.

생각 끝에 어느 날 그렇게 말해버렸다.

—어차피 지금도 그리 멀지 않은 데 살고, 거의 매일 얼굴 보는데, 보고 싶은 영화가 있을 때도 가보고 싶은 맛집이 있을 때도 항상 제일 먼저 생각나고, 하루 종일 카톡도 하는데. 저는 우리가 진짜로 부부 같은데요. 그냥 같이 살아버리면 어때요. 저는 선생님 집에 차 몰고 가는 15분이 좀 아까운데.

뭐라고? 명옥은 어이가 없다는 듯 깔깔 웃었다. 그러다 농담이 아니라는 걸 깨닫자 화를 냈고, 내가 너한테 짐이 되란 말이냐? 하고 소리를 질러댔다. 아뇨! 건강해져서 일을 하세요. 일을 해서 같이 먹고살자고요. 하고 싶은 공부도 하시고요. 결혼을 안 했으면 공부하고 싶은 게 있었다고 전에 말씀하시지 않았어요? 방통대에 들어가서서 공부도 하시고, 같이 여행도 다녀요. 선생님, 우리 아직 많이 남았어요. 그만 살고 싶어도 계속 살아야 한단 말이에요. 하지만 지금은 허리도 많이 안 좋으시고, 한쪽 팔도 아프시고, 혼자서는 건강해지실 것 같아 보이지가 않는다고요. 선생님은 지금 챙겨줄 사람이 필요하다고요. 효령도 같이 소리를 쳤다.

합치면, 이 집은 어떻게 하라고. 형은이한테 남겨줄 게 이것밖에 없는데. 명옥은 한참이 지나 침울한 얼굴로 그렇게 말했다.

효령은 인터넷에서 자료를 찾아보았다. 가족구성권이라는 개념을 오랫동안 연구해온 사람들이 있었다. 페미니스트라는 이름을 쓰는 사람들이었다. 그 모임에서 만든 자료집이 도움이 되었다. 효령은 형은에게 할 말들을 준비했고, 욕을 얻어먹거나 불신의 눈빛이 돌아올 것을 대비해 마음의 준비도 했다. 약속을 잡고, 이게 정말 옳은 일일까? 하고 한숨을 쉬는 명옥을 차에 태웠다.

오랜만에 보는 형은은 시킨 음식을 몇 젓가락 먹지도 않고 울음을 터뜨렸다. 저는 엄마가 어디 아픈 줄 알았어요. 진단이 나와서 곧 죽는 줄 알았다고요. 엄마가 저한테 자기 얘기를 전혀 안 하세요. 효령은 아차 싶었다. 형은이가 어제 밤새 한잠도 못 자고 너무 걱정을 했어요, 같이 나온 학교 친구라는 아이가 대신 말해주었다. 겁이 나서 이 자리에까지 친구와 같이 나온 모양이었다. 형은은 계속 울었고, 명옥은 아이고 이 바보야, 만 계속했다. 왜 엄마를 챙기지 않을까, 효령은 그동안 내심 괘씸하게 생각했는데, 자신이 잘못 생각했다는 걸 알았다. 지금 이 이야기를 해야 할까. 형은의 죄책감을 더 건드릴 것 같아 망설여졌다. 하지만 냉정하게 따져볼 때, 형은에게는 당분간 엄마를 부양할 능력이 없었고, 명옥은 바로 지금 생활의 도움이 절실했다. 효령 자신이 외동딸로 엄마를 평생 부양해보았고, 그건 충분히 힘들고 무거운 일이었다. 시대가 달라지고 환경이 극심히 나빠진 지금, 젊은 사람들에게 부모의 노후라는 짐은 훨씬 더 힘들고 무거울 것이었다. 내가 애를 너무 늦게 낳았어. 서른일곱에 애를 낳으면서 내가 그 애한테 걱정이 될 거라곤 생각조차 못했어. 나는 항상 천하장사일 줄로만 알았지. 남편이 있으니 어떻게든 할 수 있을 줄 알았어. 어떻게 그렇게 계산을 못할 수가 있었을까. 명옥은 종종 그렇게 자신을 미워했다. 그것이 형은의 마음속에서도 이미 죄책감으로 쌓여 터져 나오고 있는 것을 본 이상, 효령은 덜어줄 마음이 있고 능력이 된다면, 자신이 그걸 가져가주는 것이 어른의 도리라는 생각이 들었다.

—공동명의로 집을 사서 엄마와 합치려고 해. 그러기 전에 형은이 너에게 의견을 묻고, 허락을 구하고 싶어. 쉬운 일이 아니라는 건 알고, 생각처럼 잘 안 될 수도 있을 거야. 그러면 그때 가서 다시 생각할 수 있을 거야. 나중에 엄마가 먼저 돌아가시면, 집을 정리할 거고, 형은이 네 몫은 너한테 갈 거야. 혹시 살다가 내가 아파 먼저 죽으면, 나는 이제 살아 계신 혈육이 세상에 없으니까 내 재산은 너희 엄마한테 갈 거고, 그 일부 역시 형은이

너한테 갈 거야. 혹시 그 전에 너한테 어떤 일로 목돈이 필요해지면, 이사를 가야 하거나 유학을 갈 수도 있고 말이야, 그러면 내가 들어둔 펀드가 있으니까, 거기서 충당을 할 거고, 그건 엄마가 나중에 나한테 갚으실 거야. 돈으로 갚든지, 애정으로 갚든지 하겠지. 그러니 그건 네가 걱정하지 않아도 돼.

참 별말을 다 한다, 명옥이 끼어들었다.

엄마랑 이리저리 얘기해보고 결정한 거야, 효령은 가볍게 무시하고 계속 말했다.

─나를 못 믿을 수도 있을 거야. 생활동반자법이라는 게 생기면 아마 재산이랑 상속 관계는 좀더 정확하게 정리할 수 있겠지만, 아직은 그런 법이 없으니까. 그래서 글로 써서 남겨두려고 해. 우리 두 사람 다 일종의 유언장을 쓰려고. 벌써 유언장이라니 좀 이상하게 들리겠지만, 지금은 그게 가장 좋은 방법 같아서. 이것은 어디로 가고 저것은 어디로 가고, 함께 살다가 깨지면 모든 것이 정확히 어디로 얼마만큼씩 가야 하는지 꼼꼼하게 따져서 적어두려고 해. 법적인 효력은 없지만 어

느 정도는 서로에게 약속이 되지 않겠니. 하지만 그 전에 먼저 네 허락을 받아야 할 것 같아서 말하는 거야. 내가 그렇게 훌륭한 사람은 아니지만, 선생님을 많이 좋아하고, 잘 챙겨드릴 수 있어. 병원 잘 다니시게 감시하고, 아주 건강해지게는 못해도 지금보다 많이 나빠지지 않게는 해드릴 수 있을 것 같다. 20년 넘게 나한테 좋은 선배가 돼서 이끌어주셨으니까 이제 내가 갚으려고 해, 그걸.

형은은 한참을 더 울다가 겨우 입을 열었다. 고맙습니다. 옆에 있던 친구가 형은의 어깨를 감싸며 중얼거렸다. 살다 보니 이런 날도 있네.

그게 무슨 말이냐고 물으니, 친구라는 그 명랑한 인상의 아이는, 저랑 형은이가 항상 나쁜 일로만 만났거든요, 하고 말했다. 기쁜 일이나 축하할 일로 만날 일이 없었는데, 오늘은 기쁜 일이 생겼네요.

기쁜 일이 왜 없니, 명옥이 말했다. 너희는 기쁜 일 투성이여야 되는데. 우리 인생은 우리가 알아서 할 테니, 너희는 너희 인생을 잘 살아.

그렇게 호기롭게 말하고 왔지만 명옥은 정작

집에 돌아와서는 푹 가라앉아 있었다.

—형은이가 서운할 것 같아.

—서운하기도 하겠죠. 엄만데.

—나도 기분이 이상하네. 꼭 아주 먼 데로 혼자 여행 가겠다고 엄마한테 말한 것 같아.

둘이 가는 여행도 괜찮을 거예요, 효령이 말하며 명옥에게 손짓을 했다.

명옥이 촛불을 불어 껐다. 폭죽이 터졌다.

*

출판사에서 문자가 왔다. 쌤, 진행은 잘되시고 있는 거죠? 다음 주에 중간 체크 회의 있는 거 잊지 마시고요. 세연은 멍하니 그 문자를 쳐다보았다.

—모두 집에서 연습들 잘 하고 있는 거지? 다음 주에 시험인 거 잊지 말고.

한국에서 교련이라는 과목이 고등학교 필수과목으로 채택된 것은 1969년이었다. 북한 특수부대원 31명이 청와대를 습격하려다 한 명을 제외하고 전원 사살된 사건, 이른바 김신조 사건이 일

124

어난 이듬해였다. 당시 유일하게 생포된 김신조는 기자회견에서 "박정희의 목을 따러 왔다"고 남파 목적을 밝힘으로써 정권에 위기감을 불어넣었다. 그 뒤로 열일곱, 열여덟, 열아홉의 남학생들은 얼룩무늬 교련복을 입고 운동장에서 총 다루는 법을 배웠으며, 여학생들은 삼각건과 압박붕대를 들고 부상자들을 응급처치하는 법을 배우게 됐다. 청소년들에게 투철한 안보 의식을 확립한다는 목표로 고등학교에서 군사 교육이 본격적으로 시작된 것이었다. 이후 사회 전반에 민주화 바람이 불면서 교련 과목은 점차 내용이 바뀌고 축소되다가, 2011년에 교육과정 개정안이 적용되면서 마침내 폐지되었다.

1992년의 봄날, 교실에서 실기시험을 준비하고 있던 세연은 물론 그런 일련의 사실들을 전혀 알지 못했다. 둘씩 짝을 지으라는데 누가 자신의 짝이 되어줄 것인지, 또 어떤 일이 벌어지고 무엇을 감당해야 할 것인지 하는 걱정으로 머릿속이 꽉 차서 정작 시험에서 선보여야 할 붕대 감기 자체는 걱정이 되지도 않았다.

세연에게 교련 시간은 군사교육을 받는다기보다는 '은밀한 이야기'를 주고받는 시간에 가까웠다. 남녀공학에 남녀 합반이었던 학교에서 여학생들끼리만 모여 수업을 받는 유일한 시간이어서 그랬는지도 모른다. 혹은 동글동글한 컬이 잔뜩 들어간 머리에 토끼처럼 눈이 크던 교련 선생님이 수업 시간에 했던 이야기들 때문이었는지도 모른다. 비가 오거나 날이 흐리고 꾸물꾸물하면 아이들은 첫사랑 이야기를 해달라고 줄기차게 졸랐지만, 선생님은 그 요구를 끝까지 묵살하고 대신 다른 것들을 들려주었다. 디테일은 기억나지 않지만, 브래지어를 하기 싫어하던 자기 친구의 가슴이 얼마나 처지고 늘어졌는지, 그 친구의 몸매가 얼마나 볼품이 없어졌는지, 몸가짐을 조심하지 않고 남자들과 함부로 어울리던 자기 후배에게 무슨 일이 일어났는지, 임신중절수술이 얼마나 끔찍하고 잔혹한 범죄인지, 태아의 생명이 얼마나 소중한지, 그러므로 결혼 전에 순결을 지키는 일이 여자에게 얼마나 중요한지, 뭐 그런 이야기들이었다. 아무튼 세상은 무서운 곳이니까 여자는 조심, 또 조심해야 한다는 게 요지였다. 그런 이야기를 들으면서 세연은 어째선지 조금 마음이 편했는데, 그건 '여자'라는 말이 자신뿐 아니라 다른 아이들의 블라우스 밑 가슴께에도 족쇄처럼 채워져 있어서, 숨이 막히는 게 자신뿐은 아니라는 생각, 간신히 다른 아이들과 같은 존재가 되었다는 생각이 들어서였다.

세연은 왕따를 당하고 있었다. 학교에 들어오자마자 그렇게 되었고, 학년 전체, 이어 학교 전체로 소문이 퍼졌다. 반에 찾아온 2학년들에게 맞은 적도 있었고, 니들 대체 뭐 하는 거냐, 1학년들 교육을 잘 시켜야 될 거 아냐, 하는 말을 들으며 자신 때문에 3학년들에게 얻어맞는 2학년들을 보고 도망친 적도 있었다. 세연은 매점에도 가지 못했고, 화장실도 참고 참다가 더 이상 참지 못할 때만 가는 편이었다. 자꾸 수업을 빠지게 되었다. 수업을 듣고 있으면 뒤에서 누군가가 조용히 지우개밥을 머리에 부어놓곤 했다. 사물함을 열면 '걸레'라는 말이 쓰인 종이가 끼워넣어져 있었다.

왕따를 당하는 아이는 왜 왕따를 당하는가? 이

런 질문에는 '그런 이유 따위는 없다'고 대답하는 게 옳다. 누군가를 따돌리는 인간들이 잘못이다. 그런 행위에 이유를 부여해 정당화해 주어서는 안 된다. 그러나 당시 세연은 자신이 왜 그런 취급을 받는지 알고 있었다. 모두가 알았고, 세연도 알고 있었다. 세연은 엄마의 파운데이션을 얼굴에 바르고 다녔다.

안 바르는 날도 있었지만, 보통은 바르고 학교에 갔다. 선배들에게 얻어맞고, 지우라는 말을 들으면 지웠다가, 나중에 다시 발랐다. 선생님에게도 불려 가서 몇 번이나 경고를 받았지만 그 일을 그만두지는 못했다. 세연은 자신의 맨얼굴이 싫었다. 똑바로 보지 못할 정도로 끔찍했다. 화농성 여드름이 여기저기 돋아난 이마와 뺨, 색소가 침착된 입가를 보면 토할 것 같았다. 그 위에 화장품을 바른다고 썩 나아지지는 않았지만, 적어도 갑옷을 한 겹 입는 기분이 되었다. 비록 그 갑옷 때문에 전교생으로부터 걸레 소리를 들어야 했지만.

세연은 교문을 통과하면서 받아야 하는 복장 검사를 피하기 위해 새벽 5시 반에 학교에 갔다.

교실에서는 맨 뒤에 앉았고, 언제나 고개를 폭 숙이고 있었다. 내내 그런 상태였는데도 화장을 그만둘 수 없었다. 도저히 자신이 없었다.

세연에게 있던 것은 단순한 외모 강박이었지만, 어쨌든 세연은 교칙을 어기는 아이였다. 아직 발을 들여놓아서는 안 되는 어른들의 세계에 먼저 발을 들여버린 아이였다. 학교 아이들은 세연이 남자와 마음대로 자고 다니는 아이라고 생각했다. 모두가 세연을 미워했다. 자신의 치부가 드러난 것처럼 세연의 존재 자체를 수치스러워했다. 여자아이들은 자기 일처럼 절박하게 미워하고, 남자아이들은 조금 떨어진 곳에서 느긋하게 미워하는 정도의 차이가 있을 뿐이었다. 선생님들도 다른 아이들이 있는 곳에서는 세연에게 지적하는 일을 피했다. 다 알면서도 못 본 척했다. 화장을 하는 학생이라는 존재가 너무도 부끄러워 도저히 입에도 담을 수 없는 것 같았다. 그래도 세연은 그만둘 수 없었다. 자신의 힘으로 어떻게 할 수 없는 일이었다. 튀고 싶다는 생각도, 누구에게 반항하고 싶다는 마음도 없었다. 그냥 자신의 맨

얼굴을 용납할 수 없었다. 일종의 병이었다. 차라리 얻어맞는 게 편했다, 못생긴 것보다는.

아이들이 짝을 짓기 시작했다. 세연은 붕대를 들고 한쪽에 서 있었다. 마지막에 한 아이가 남으면 그 아이와 짝이 될 텐데, 그 아이는 아마 대놓고 욕을 퍼붓겠지. 연습을 하는 내내 그런 일이 계속되었다. 그렇게 생각하며 고개를 숙이고 있는데, 누군가가 어깨를 톡톡 두드렸다. 부반장인 진경이었다. 반에서 최고로 인기 있는 아이였다.

—나랑 같이 할래?

왜, 내가 불쌍하니? 세연은 그렇게 물으려다 말았다. 진경의 얼굴에 담긴 미소에 악의가 없어서였다. 별일도 다 있네, 세연은 생각했다. 가슴이 두근거렸다. 심하게 쿵쿵거렸다.

시험이 시작되었을 때, 세연은 너무나 긴장한 나머지 진경의 머리에 붕대를 원래 감아야 하는 것보다 한 바퀴 더 돌려 감아버렸다. 뭔가 이상해서 정신을 차리고 보니 붕대가 모자랐다. 당황해서 붕대를 콱 당기자 진경이 악! 소리를 질렀고, 아이들의 시선이 일제히 집중되었다. 교련 선생님이 다가와 지휘봉으로 세연의 머리를 탁탁 두들기며 말했다. 내가 살다 살다 너 같은 애는 정말이지 처음 본다. 이게 지금 뭐 하는 거야?

아이들이 왁자하게 웃음을 터뜨렸다. 네가 그럼 그렇지 하는, 도저히 구제할 길이 없는 문제아에게 보내는 경멸의 웃음이었다. 세연의 기억은 거기서 끊어졌다. 그 뒤로 진경과는 친구로 지냈던 것 같은데, 대체 어떻게 친구로 지낸 건지, 그렇게 모두의 사랑을 받는 아이와 자신이 어떻게 함께 있었던 건지, 기억나지 않았다.

'로제 마르탱 뒤 가르의 『회색 노트』 읽었어? 『티보가의 사람들』에 나오는데.'

진경이 세연의 교과서 귀퉁이에 그렇게 적었고, 세연이 '아니'라고 적자, 진경이 그 책을 가져와 빌려준 기억은 있었다. 거기 나오는 소년들을 흉내 내 둘이서 교환 일기 같은 것을 끄적인 기억도 났다. 하지만 내용은 기억나지 않았다. 세연의 고등학교 시절은 도무지 끝나지 않을 것처럼 길고 새카만 터널 그 이상도 이하도 아니었다. 거기 드문드문 켜져 있던 작은 등불이 진경이었다. 하

세연의 고등학교 시절은

도무지 끝나지 않을 것처럼
길고 새카만 터널

그 이상도 이하도
아니었다.

거기
드문드문 켜져 있던
작은 등불이

진경이었다.

지만 어둠이 너무 깊어서 단지 그런 등불이 있었다는 사실만 기억났다.

세연은 대학에 들어갔다. 진경은 한 해 재수를 거쳐 다른 대학에 들어갔다. 귀밑 3센티미터보다 머리가 길면 몽둥이로 두들겨 맞던 고등학교 3학년에서 불과 몇 달이 지나자 세상 모두가 세연에게 예쁘게 꾸미고 다니라고 권장하고 나섰다.

'새내기 대학생들을 위한 메이크업 특강'이라는 전문가 초청 강의가 학교 강의실에서 열렸다. 세연은 호기심에 그 강의를 듣다가 중간에 밖으로 나와버렸다. 부조리하다는 생각이 들었다. 자신이 그토록 경멸받던 원인이 되던 그것을 누군가가 공개적으로 가르치고 있고, 학생들이 귀 기울여 듣고 있다는 사실이 이해되지 않았다.

여전히 자신의 얼굴이 싫었지만 세연은 화장을 그만두었다. 그러자 사람들은 이번에는 세연의 맨얼굴을 이상해하기 시작했다. 너 어디 아프니? 얼굴이 왜 그래? 쉬지 않고 그렇게 물었다. 세연은 그들이 물으라고 놔두었다. 상관하지 않았고, 혼자 강의를 듣고 혼자 집으로 돌아왔다. 사람이 싫었다. 혼자만의 염증 때문에 수시로 구토가 치밀었다. 정확히 무엇을 느끼는 건지 자신조차 잘 이해할 수가 없었다. 확실한 건 세연의 육체를 장악하고 그토록 강력하게 정신을 통제하던 예뻐 보이고 싶다는 욕망이, 갑자기 거짓말처럼, 그야말로 농담처럼 싹 사라져버렸다는 사실이었다. 꾸미지 않는 새내기 여학생에게는 아무도 관심을 보이지 않았다. 2만 명의 학생이 다니는 학교에 친구 한 명이 없었다. 유일하게 연락을 해서 만나는 친구가 진경이었다.

진경은 입학하자마자 남자들 때문에 시달리고 있었다. 처음에는 응원단에 들어갔는데, 치어리딩을 가르쳐주던 남자 선배가 너무 심하게 애정 공세를 퍼붓는 바람에 그만두고 다시 학교 신문사에 들어갔다. 그러자 신문사 동기가 밤마다 진경의 꿈을 꾼다며 고백해왔다. 사귀어주지 않으면 죽어버리겠다고 협박도 늘어놓았다. 진경은 또다시 그만둘 수밖에 없었다. 동아리는 포기하고 그냥 조용히 공부나 하려고 했더니, 이번에는 도서관에서, 두 명이 동시에 진경의 자리에 음료

수와 빵을 가져다 놓는 경쟁을 시작했다. 가르치던 고등학생이 갑자기 선생님 너무 예뻐요, 하고 말하는 바람에 과외도 이번 달까지만 하고 그만두어야 할 것 같다고 했다. 진경은 그런 아이였다.

학교가 너무도 지긋지긋하다고, 진경은 길게 한숨을 쉬었다. 그렇지만 세연을 만나는 동안에도 자꾸만 누군가에게 연락이 와서 진경은 수시로 삐삐 메시지를 확인하러 가야 했다. 그때 진경은 늘 같은 후드티셔츠에 허름한 야상을 아무렇게나 걸쳐 입고 다니던 세연을 보며 무슨 생각을 했을까? 세연은 진경을 보며, 정말 남자라는 족속은 왜 이렇게 내 친구를 피곤하게 할까, 생각했다. 너희들 때문에 진경이가 할 일을 제대로 못하잖아.

그리고 그 생각은 조금씩 바뀌어갔다.

왜 저렇게 남자가 없으면 못 사는 거야, 창피하게.

언젠가부터 세연은 그렇게 생각하고 있었다. 진경이 졸업을 하고, 직장에 들어가고, 본격적으로 연애를 시작하면서부터였던 것 같기도 했다. 세연은 진경이 자신과 술을 마시다가 갑자기 남자친구에게 달려가버리는 것이 황당했다. 그런가 하면 양해도 구하지 않고 남자친구를 대동해 약속 장소에 나오는 것도 참기가 힘들었다. 나는 투명인간인가? 저 아이가 남자를 만나지 않는 시간을 채워주는 심심풀이 땅콩, 그 남자의 대용품에 지나지 않는 존재인 건가?

하지만 세연은 진경에게 대놓고 그렇게 말하지 못했다. 섭섭하고 무시당한 기분이 들기는 했지만, 여전히 진경을 좋아했고, 경외심을 품고 진경이 읽는 책들과 쓰는 문장들을 바라보았다. 평범한 곳에서 남들은 찾아내지 못하는 반짝이는 사유를 길어 올리는 능력이 진경에게는 있었다. 아무도 흉내 낼 수 없는 방식으로 언어를 배열하고, 사람들에게서 숨은 장점을 끄집어내고, 어떤 끔찍한 하루를 보내고 있던 사람이라도 웃게 만드는 재능 또한 있었다.

저 아이는 아무래도 작가가 될 것 같네. 소설도 좋겠지만 아무래도 시 쪽이 더 어울려. 세연은 부러운 마음으로 생각했다. 그러면서 동시에, 저렇게 사랑스러운 여자가 되어버리면 나는 자신이 부끄러워서 견디지 못할 거야, 생각하기도 했다.

세연은 진경을 동경하면서 남몰래 미워했다. 너는 정말이지 살만 빼면, 좀 꾸미고 다니기만 하면 인기가 많을 텐데. 남자들이 그렇게 말할 때마다 진경이 떠올랐다. 남자들에게 세연은 편하게 야구와 축구와 음악 이야기를 할 수 있는 사람, 여자친구와의 사이에서 생긴 고민을 털어놓고 조언을 구할 만한 사람, 똑똑하고 재미있어서 대화가 잘 통하는 사람이었지만 '여자'는 아니었다. 그 관계들은 동등했을까, 오랜 시간이 지난 다음 세연은 곰곰이 생각했다. 알 수가 없었다. 그들은 진경 같은 여자들을 자신과 같은 사람으로 보고 있었던 게 아니라는 생각이 뒤늦게 들었다. 그러나 그들은 세연 같은 여자 역시 어딘가 하자가 있는 사람처럼 취급했다. 그들이 세연을 같은 인간으로 존중했다면 자신들의 섹스 경험을, 여자들에게 했던 악행을, 그렇게 부끄러워하지도 않고 아무렇지도 않게 털어놓을 수 있었을까? 같은 여자로 세연이 느낄 모멸감은 고려하지도 않은 채?

지난 여름, 세연은 학교가 끝난 뒤 하교하는 십

대 학생들의 얼굴을 처음으로 자세히 들여다보았다. 특히 남녀공학인 학교에서는, 이제는 화장을 하지 않으면 따돌림과 놀림의 대상이 된다고 했다. 온전히 자의만으로 화장을 하는 게 아니고, 꾸미지 않는다는 손가락질을 받기 싫어 마스크를 쓰고 학교에 간다고들 했다. 세연이 받았던 것만큼이나 따가운 시선을, 이제 화장을 하지 않는 학생들이 온몸으로 받아내고 있었다. 책들을 찾아 읽고, 해시태그를 달고 실시간으로 올라오는 글들을 꼼꼼히 읽으며 세연은 두 가지 생각을 했다.

하나는, 외모 강박과 강요된 사회적 여성성을 벗어나고자 하는 젊은 여성들의 움직임은 분명히 옳다는 것이었다. 화장대 앞에서 거울을 아무리 들여다봐도 만족스럽지 않아서, 얼굴이 녹아내리는 듯한 기분을 느끼며 온갖 것들을 바르고 지우고 바르는 일을 그만둘 수가 없어서, 제발 이걸 그만두게 해달라고 신에게까지 빌었던 시간들을 세연 자신이 겪어보았기에 그렇게 생각할 수밖에 없었다. 생머리를 길게 기르고 몸에 붙는 옷을 입어야만 한다는 것은, 세연 자신에게는 없는 강박

이었으나, 주위를 돌아보니 과연 거의 모든 젊은
여자들이 그런 차림새를 하고 있었다.

　다른 하나는, 의식이 아니라 무의식 속에 자리
잡은 생각이었는데, 이제 막 시작된 이 흐름을 따
라잡아 거기 동참하지 못하면 자신은 또다시 왕
따가 되리라는 것이었다.

　또다시 혼자가 되고, 또다시 걸레라는 말을 듣
고, 또다시 배척을 받을 것 같았다. 세연은 이제
십 대가 아니었지만, 세연의 마음 일부는 여전히
고등학교 때의 그 깜깜한 터널 속에 고착되어 있
었다. 공포가 세연의 깊은 곳을 차지하고 이 흐름
을 따르라고 명령했다.

　아마도 그 공포였을 것이다.

　철저히 개인주의적인 생활을 해왔을 뿐 세상에
기여한 바가 별로 없다는 부채감, 지금껏 한 번도
본 적이 없는 과격함을 지니고 세상과 싸우겠다
고 나선 어린 여성들의 발목을 잡고 싶지 않다는
생각, 저 사람들이 더 나은 곳으로 아주 멀리까지
가게 응원해주고 싶다는 마음, 그런 것들도 있었
을 것이다.

그러나 세연으로 하여금 진경을 보는 눈에 필터를 씌우고 진경의 얼굴을, 진경이 쓰는 문장들을, 진경의 하소연과 넋두리를, 예전보다 한층 엄격해진 눈으로 하나하나 평가하게 만든 것은 아무래도 그 공포였을 것이다.

으깨지고 싶지 않고, 조롱받고 싶지 않다는 공포. 그렇게 오랜 세월이 지나도록, 친구에게 살갑게 말을 건네지 못하는 사람이 되게 하고, 먼저 전화를 걸지 못하게 만들었던 그 혼자라는 공포.

아이가 어릴 때 밖으로 나오지 못하고, 만나자는 자신의 약속을 계속 거절하는 진경을 보며 세연은 이해할 수 없다고 생각했다. 또다시 부차적인 존재가 된 것 같았고, 바보 취급 받는 것 같았다. 나는 내 두려움을 깨고 오직 너에게만은 먼저 연락을 하는 건데, 어째서 너는 그걸 거절하는 거야, 항상 그렇게. 대체 집에서 뭘 하는 거야. 온라인에 그렇게 우울하다는 말을 끄적일 시간은 있는데, 나를 만날 시간은 없다는 거야? 왜 그렇게 자기 감정을 한없이 늘여서 남들 다 보는 곳에 전시하는 거야. 이제 그러지 않을 때도 됐잖아. 결혼

했으면, 남편과 아이가 있으면, 좋은 것들을 다 가졌으면, 내게 내줄 시간이 없을 정도로 바쁘면, 너는 외롭지 않아야 하잖아. 나는 네가 부끄러워. 네가 좋아하는 분홍색이 부끄럽고, 주렁주렁 달고 다니는 귀걸이가 부끄럽고, 내가 사랑하던 너의 문장들이 이제는 부끄러워.

세연은 진경의 포스팅에 댓글을 달 수 없었다. 계속 자신의 머릿속에서 울려대는 그 말들에 동의해서가 아니라, 그게 자신의 진심이 아니라는 것을 알아서, 끊임없이 그 말들을 늘어놓는 주체가 다름 아닌 자신의 공포라는 것을 알아서, 아무말도 할 수가 없었다.

자신이 예전에 가졌던 얼굴을, 외로움을, 단단하지 못한 마음을, 세연이 혼자 오랫동안 노력해 극복했다고 생각해온 것들을, 여전히 갖고 있는 진경을 보면 마음이 편하지 않았다. 다시 그곳으로 돌아가고 싶지 않았다. 그곳이 너무 힘들었기 때문에. 잊고 싶고 외면하고 싶었다. 그곳을 떠올리게 하는 진경을 마주 보고 싶지 않았다. 그러나 그것이 결국 다른 무엇도 아닌 미움이라는 사실을, 세연은 잘 알았다.

진경은 거울일 뿐이었다. 진경을 보며 진경이
아니라 과거의 자신을, 27년 전 고등학교 1학년
교실에 붕대를 들고 서 있던, 단지 완전히 성숙하
지 못했고, 누군가와 이어지고 싶었으나 그럴 수
없어서 엉거주춤 서 있던 어린 자신을, 세연은 한
없이 미워하고 있었다. 언제부터인지도, 어디까
지인지도 모르게.

*

어른들은 어디서 울까.

경혜를 볼 때마다 채이는 생각하곤 했다. 쌤, 쌤
은 언제 울어요? 어디 가서, 누구의 어깨에 기대서
울어? 그렇게 묻고 싶었다. 쌤은 나랑 밥을 먹으면
항상 계산도 혼자 하고, 말도 별로 하지 않고 다 들
어주기만 하잖아. 쌤의 투정은 누가 받아줘요? 쌤
친구 많아? 많겠지. 하지만 그중에 나 같은 친구
있어요? 없으면 내 앞에서 좀 울어도 되는데.

언젠가 그렇게 말할 기회가 있을 거라고 생각

142

했는데, 이제 끊어져버린 것일까, 채이는 생각했다. 복학해 학교로 돌아간 채이를 보며 경혜는 반갑게 웃어주었지만, 그 웃음은 어딘가 예전과는 달랐다. 교수실로 찾아가도 내가 지금 좀 바빠서, 말하며 공연히 서류철을 정리하는 척을 하고, 걸려올 전화가 있는 척을 했다. 그게 척이라는 게 너무 티가 났는데, 이상하게 더 이상은 채이도 다가갈 수가 없었다. 건강해진 것 같아서 보기가 좋네요, 경혜는 어색한 웃음을 지으며 그렇게 말했다. 존댓말을 썼다. 처음 만났을 때처럼.

채이는 섭섭했다. 분명히 나한테 하고 싶은 말이 많을 텐데. 어른이면 그래야 하는 건가. 저렇게 빈틈을 보이지 말아야 하고, 아픈 티도 안 내야 하고, 고양이처럼 아무도 없는 데 가서 혼자 숨어 울어야 하는 건가. 나는 어른 돼도 그러기 싫은데. 아프면 아프다고 하고, 투정 부리고 싶을 땐 투정도 부리고 싶은데.

쌤의 그 곧은 어깨를, 늘 곧던 어깨에 들어가 있을 수밖에 없던 힘을, 무게를, 채이는 자주 생각했다. 하지만 형은을 생각하면 자신 역시 그렇게 자세를 바로 하고 서 있어야 한다는 생각이 들었다. 모두들 채이에게 말했다. 힘내지 않아도, 괜찮지 않아도 괜찮다고. 그냥 버티기만 해달라고. 하지만 채이는 형은 앞에서는 무너지지 않고 싶었다. 아무리 날카로운 말을 던지고 가시가 가득한 껍질로 자신을 에워싸고 있어도 형은은 아직 마음이 여린 아이였다.

몇 번의 격렬한 논쟁 끝에 채이는 형은과 다시 일상을 함께하게 되었다. 친구이기는 하지만 자주 싸웠고, 싸우다가도 화해하고 예전으로 돌아가는 사이가 되었다. 형은은 채이의 무심함과 종종 비합리로 흘러가버리는 낙관주의를, 아무나 함부로 믿어버리는 순진함을 종종 지적했다. 채이는 형은에게, 나이 많은 사람들을 무조건 불신하는 버릇, 갑작스럽게 분노를 폭발시키며 말을 함부로 하는 버릇을 고쳐야 한다고 에둘러 타일렀다. 경혜와는 서로 조심스러워 건드릴 수 없던 부분들까지도 형은과는 숨김없이 건드리고 비판하고 설득하고 다투다가 풀어질 수 있었다.

채이는 형은에게서 자신에게는 없는 민감한 마

음을 보았고 어렵지만 그 마음이 되어보려고 노력
했다. 형은은 채이를 보며 사람들의 실수를 눈감
아주는 일을 조금씩 연습했다. 몇 달을 서로 외면
하며 한차례 폭풍을 겪고 나니 그런 일이 가능해
졌다. 채이는 그게 신기했지만, 한편으로는 가슴
이 아려왔다. 경혜는 채이가 형은을 아낀다는 사
실을 알고 있어서 채이의 손을 놓아준 것이었다.

　서로 도저히 양보할 수 없는 부분도 있었다. 그
런 부분이 발견될 때면 논쟁을 하는 데도, 화해하
는 데도 다소 시간이 걸렸다. 채이의 친구들과 형
은의 친구들은 같은 자리에 함께할 수 없는 관계
였다. 여성주의를 받아들이는 데 있어 관점이 다
르고 진영이 달랐다. 몇 번인가 그들을 한자리에
모아 서로 소개하고 세미나 비슷한 것을 열어보
려다 실패한 뒤로 채이와 형은은 오랜 적대를 쌓
아온 두 국가의 수장들처럼 피로한 표정으로 마주
앉아 말하곤 했다. 이건 우리 힘으로 안 되나 봐.

　어쩌면 안 되는 게 맞는 게 아닐까, 형은은 말했
다. 서로 가려는 방향이 전혀 다른데, 서로가 서로
의 존재를 부정하는 부분이 한둘이 아닌데, 억지

로 함께 가자면서 차이를 뭉개버리는 게 옳아? 우리는 자기 존재를 전적으로 부정당하는 사람들이 아니기 때문에 함께하자는 배부른 소리를 할 수 있는 거야. 자꾸 머리를 눌러 짜부라뜨리려는 손이 있는데 어떻게 그 손을 잡아?

하지만 만나서 얘기하지 않으면 영원히 평행선이잖아, 채이는 말했다. 무기를 내려놓고, 서로를 비난하지 않고 말하는 건 아예 불가능한 걸까? 의제 하나에 쌍둥이처럼 집회가 두 개씩, 그것도 동시에 열리는 게 너는 바람직해 보여? 나는 부조리해 보이는데. 언제까지나 자신과 똑같은 사람들만 만나고 살면 어떻게 발전을 하지? 우리는 서로의 대립항이 되기 위해서 이 공부를 시작한 게 아니잖아. 우리가 가진 공통점은 왜 중요하지 않아?

─공통점도 많지. 하지만 언니, 자원이 부족한 거야. 우리가 사는 세상이 너무 거지 같은 걸 어떻게 해? 지금은 모두가 풍족해질 만큼 힘을 나눠가질 수가 없어. 덜 가진 쪽은 더 가진 쪽을 보면 화가 나기 마련이야. 얼굴을 보자마자 화가 나는데 만나고 싶겠어?

이야기가 여기에 이르면 채이는, 너도 내 얼굴 보자마자 화가 났어? 하고 물으려다 그만두곤 했다. 그날, 지하철역에서 오랜만에 형은의 얼굴을 보았을 때 채이 역시 안쓰러운 마음이 들면서도 화가 났으니까. 형은의 다름이 채이를 화나게 하고 미움을 솟구치게 했다. 체온이, 함께한 시간이, 열이 내렸는지 보려고 서로의 이마를 짚어보던 밤의 기억이 있어서 그들은 가까스로 영원히 헤어지는 일은 피할 수 있었다. 하지만 그들 역시 태어나면서부터 그런 것들을 공유하고 있었던 것은 아니었다. 아무리 어렵고 어색하더라도 서로를 마주 보고, 이름을 말하고, 자기소개를 하고, 함께 시간을 보내지 않으면 어떻게 그런 것들을 나눠 갖기 시작할 수 있을까, 채이는 생각했다.

그들은 학점 걱정을 해야 했다. 생활비 걱정을 해야 했고, 병원에 다니며 약을 먹어야 했고, 언제 다시 걸려올지 모르는 천의 협박 전화에 대비해 몸과 마음의 건강을 지켜내야 했다. 공부를 해야 했다. 그들이 아는 것보다 모르는 것이 세상에는 더 많았다. 그러나 그런 와중에도 그들은 종종 이

런 대화를 나누며 아무런 보상도, 보상을 받고 싶
다는 마음도 없이 아직 가보지 못한 어떤 시간과
장소들을 그려보았고 사람들의 미래를 걱정했다.
그들은 젊었고, 불가능한 꿈을 꾸고 있었다. 그 꿈
이 그들에게는 중요했다.

*

—내가 머리가 좀 커.
진경은 그렇게 말했다.
—머리가 커서 붕대가 모자랄 수도 있지. 그게
그렇게 웃기니? 머리 큰 사람 처음 봐?
지켜보던 아이들의 웃음이 기억났다. 진경의
그 말을 들으면서도 반 아이들은 여전히 웃고 있
었는데, 그건 진경이 세연을 편들어주는 척하면
서 실은 놀리고 있는 거라는 생각 때문이었다. 하
지만 진경의 차가운 표정에 변함이 없자 아이들
은 당황했고, 이내 각자의 자리로 돌아가 시선을
피했다.
—미쳤나 봐, 왜 쟤 편을 들어?

─친한가 보지.

누군가가 그렇게 말하며 피식피식 웃었다. 그 뒤로 아이들은 세연뿐 아니라 진경을 향해서도 피식피식 웃게 되었다. 진경의 머리카락에도 종종 지우개밥이 퍼부어졌다. 그 일을 이미 일종의 자연 상태로 받아들이고 체념해버린 세연과는 달리, 진경은 의자를 밀어 넘어뜨리고 소리를 질러가며 아이들과 싸웠다. 물론 반 전체에 대항하기에 그들 둘은 역부족이었지만.

왜 나한테 잘해주는 거야?

세연은 황망해서 진경에게 묻고 싶었지만, 그 말이 입에서 나오지 않았다. 반쯤은, 진경이 자신을 데리고 놀다 버릴 거라고 생각했던 것 같다. 그때의 세연은 그만큼 자존감이 낮고 한없이 뒤틀린 상태였다. 진경은 매점에 가서 세연에게 과자와 커피를 사다 주었다. 넌 왜 그러니? 그런 말은 하지 않았다. 너는 왜 나와 달라? 진경이 절대로 하지 않는 종류의 말이 있다면 그런 것이었다.

6개월은 아무 일도 하지 않고 쉬기로 했다. 정신과에서 그렇게 권유를 받았고, 세연 자신도 그래야겠다는 생각이 들었다. 프로젝트에서 빠지겠다는 말을 하고 계약을 해지했다. 이미 취재를 마친 취재원들에게는 한 명 한 명 연락을 해서 사과를 하고 양해를 구했다.

기획이 폐기된 것은 아니었다. 『우정의 책』은—제목이 그렇게 정해졌다—출간 시기를 1년 늦춰 한 권이 아니라 여섯 권으로 나눠 출간하는 것으로 변경되었다. 십 대부터 육십 대까지의 여성들이 연령대별로 각각 한 권씩, 각 권마다 일곱에서 여덟 팀의 필자들이 한 꼭지씩 에세이를 집필해 모으기로 했다. 타인의 해석을 통하지 않고 직접 당사자의 목소리를 듣기로 한 것이었다. P여고 학생들을 비롯해 세연이 만난 십 대들은 첫 번째 권에, 추천을 받아 섭외한 황채이와 그가 추천한 이형은이라는 학생은 두 번째 권에 필자로 참여하기로 결정되었다.

건강이 문제라면, 우선 건강을 돌보고 늦게라도 예정대로 진행을 해주면 안 되겠느냐고 설득하는 편집자에게 세연은 망설이다가 솔직히 말했다. 저한테는 너무 어려운 기획이었습니다. 우정이라는 것에 대해 사실은 아무것도 알지 못하면서 책을 쓸 수는 없다는 생각이 들었어요.

좋은 기회라고 생각했기에 무리를 해서라도 해내고 싶었다. 정직하게 말하자면, 편입되지 않으면 안 될 것 같았다. 여성주의라는 이 거대한 흐름에 동참해서, 자신도 그 안에 있다고, 우리는 적이 아니고 같은 편이라고, 이름을 알리고 싶었다. 여성은 여성에게 너무 쉽게 엄격해지는 경향이 있습니다. 그러지 말아야 해요. 서로를 그렇게 적대할 이유가 우리에게는 없어요. 그런 메시지를 전하고 싶었다. 그건 세연의 진심이기도 했다. 그런 단순한 생각에서 기획에 동의했다.

그러나 세연에게는 다른 사람들의 우정을 해석하고 그들의 경험에 코멘트를 붙일 능력이 없었다. 그들을, 특히 젊은 여성들을 이해할 수 없었다. 젊은 여성들은 세연보다 훨씬 정치적인 존재처럼 보였다. 그들에게는 사적이고 개인적인 친분 관계만큼이나 입장과 노선, 공유할 수 있는 목표가 중요한 것 같았다. 그 입장과 노선, 목표에 따라 인간관계가 새로운 방식으로 빠르게 재편되고 있었다. 그러나 그들의 방식에 놀라움을 품고 무조건적으로 칭찬하고 싶은 유혹을 느낄수록 세연의 마음속에는 진경이 떠오르는 것이었다. 왜 너일까? 세연은 곰곰이 생각했다. 왜 내가 그토록 좋아했고, 내가 아플 때 집으로 찾아와주겠다고 말해준 유일한 사람인 네가, 나는 이토록 대하기 어렵게 느껴질까? 네 안에 내가 들어 있지 않다면, 그 숱한 사람들과 내가 멀어졌듯 우리가 멀어져 미망한 관계였다면, 너는 왜 네가 이렇게 자주 떠오를까?

세연은 진경과는 이제 더 이상 공유할 수 있는 것이 없다고, 안타깝지만 이제는 어떻게 할 방법이 없다고 생각하고 있었다. 하지만 작은 회색 노트에 둘의 이름을 나란히 적어 넣고, 여기에 번갈아서 일기를 쓰자, 말하던 고등학교 1학년 때의 진경은 세연과 무언가 공유할 만한 것이 있어서 그렇게 했을까? 그들 사이에 공통점 같은 것은 아무것도 없었다. 진경은 모두의 사랑을 받는 아이였고, 세연은 고립된 문제아였다. 그 아이는 단지 세연이 간절히 누군가를 필요로 한다는 것을 알

았기에 너그러움을 베풀었고, 곁에 있어준 것이
었다.

　―그렇지 않아.

　세연의 쿠션을 만지작거리며 진경이 입을 열
었다.

　―나도 너만큼이나 죽을 것 같았거든. 아이들
의 시선에 맞춰 완벽하고 성격 좋은 모범생을 연
기하는 게 답답하고 숨이 막혔어. 너하고라면 말
이 잘 통할 것 같았어.

　―사는 게 너무 바빠서, 세상이 너무 휙휙 변해
서. 그래서 네가 나한테 해준 일들을 잊어버렸나
봐. 미안해, 차갑게 굴어서.

　진경이 고개를 돌려 세연의 얼굴을 보았다. 우
리 다시 만났을 때 말이야. 네가 나한테 친구 신청
하고 우리가 막 서로의 글들을 읽기 시작했을 때.
사실은 나도 그때 생각했어. 아 어쩌지? 우리 너무
다르네. 그렇게 그리웠는데, 다시 만나서 너무 기
뻤는데, 그랬는데 알고 보니 너랑 내가 너무 많이
다른 사람들인 거야. 이럴 땐 어떡해야 하는 거야?
원래부터 그랬을까? 세월이 흐르면서 달라진 걸

까, 안 본 동안에? 아마도 내가 결혼을 해서 더 그렇게 된 거겠지. 어쨌든 그게 솔직한 심정이었어.

─그랬구나.

─그런데 난 오히려 그래서 좋았던 것 같아. 너는 무엇을 봐도 나와는 다른 관점에서 보고 느끼잖아. 공부가 됐어.

─하지만 그건 피곤한 일이잖아. 이해하려고 노력하는 일 말이야.

─글쎄, 왜 그럴까. 나도 날 모르겠어. 너는 가끔 사람들의 눈앞에서 문을 쾅쾅 소리 나게 닫아버리잖아. 네가 옳다고 생각하는 것을 그 사람들이 따르지 않기 때문에 말이야. 그럴 때마다 말하고 싶었어. 꼭 그렇게까지 해야 해? 좀 기다려줄 순 없는 거니? 모두가 애써서 살고 있잖아. 너와 똑같은 속도로, 같은 방향으로 변하지 못한다고 해서 그 사람들의 삶이 전부 다 잘못된 거야? 너는 그 사람들처럼, 나처럼 될까 봐 두려운 거지. 왜 걱정하는 거니, 너는 자유롭고, 우리처럼 되지 않을 텐데. 너는 너의 삶을 잘 살 거고 나는 너의 삶을 응원할 거고 우린 그저 다른 선택을 했을 뿐

인데. ……참 이상해. 다른 사람이었으면 벌써 관계가 끝났을 텐데, 이상하게 세연이 너한테는 모질게 대하지 못하겠더라. 이해하고 싶었어, 너의 그 단호함을. 너의 편협함까지도.

—…….

—옛날에는 너무 지겨웠는데. 세상이 어째서 이렇게까지 안 변할까, 대체 어떻게 해야 이게 변할까 싶었는데. 그런데 지금은 너무 빨라. 빨라서 어지럽고 울컥거릴 때가 많아. 그런 걸 보면 네가 하는 말들이 틀린 게 없는 것 같아. 우린 승객이었을 뿐, 그동안 이 버스에서 한 번도 운전대를 잡아본 적이 없었던 거지. 그런데 이제 처음으로 스스로 운전을 할 기회가 주어진 거야. 그래서 이렇게 어지러운 거겠지. 방향 하나하나, 신호 하나하나, 승객들 한 명 한 명에 신경을 곤두세워야 하니까. 세연이 너는 다른 사람들과 함께 이 버스를 운전하는 사람이 될 거잖아. 나는 아무 이름도 갖고 싶지 않고, 끼워달라는 말도 하고 싶지 않아. 나는 단지, 표를 사는 법을 몰라서, 멀미가 너무 심해서, 집을 떠날 수 없는 이유가 있어서, 아니면 그

냥 길을 잃어서, 멍한 얼굴로 읽을 수 없는 노선표를 들여다보며 정류장에 서 있는 사람들 곁에 있고 싶어. 자기 삶이 잘못되었다는 생각 때문에 무섭고 외로워서 그 사람들이 울고 있을 때, 다가가서 그렇지 않다고 말해줄 거야. 그 사람들에게도 누군가가 필요하니까.

나도 그래 진경아, 세연이 중얼거렸다. 나 역시 무섭고 외로워. 버스? 이게 버스라면 나 역시 운전자는 아니야. 난 면허도 없고, 그러니 운전대를 잡을 일도 아마 없을 거야. 그건 우리보다 젊은 사람들이 할 일이야. 하지만 우리 이제 어른이잖아. 언제까지나 무임승차만 하고 있을 수는 없으니까, 나는 최소한의 공부는 하는 걸로 운임을 내고 싶을 뿐이야. 어떻게 운전을 하는 건지, 응급 상황에선 어떻게 해야 하는지, 그 정도는 배워둬야 운전자가 지쳤을 때 교대할 수 있잖아. 너는 네가 버스 바깥에 있다고 생각하지만, 나는 우리 모두가 버스 안에 있다고 믿어. 우린 결국 같이 가야 하고 서로를 도와야 해. 그래서 자꾸 하게 되는 것 같아, 남자들에게는 하지 않는 기대를.

─그래?

─그래.

─하지만 내가 도와주려 해도 너는 원하지 않
잖아. 무섭고 외로워도 너는 내가 필요하지 않잖
아. 왜 나는 안 돼? 거창하고 멋진 도움은 줄 수 없
지만, 그냥 곁에 있어줄 수는 있는데, 너는 늘 다
른 사람들만 보고 있었어. 나는 안 되는 것 같았
어. 항상 그렇게 생각할 수밖에 없었어.

─……그렇지 않아. 단지 친구가 되는 법을 내
가 하나도 모를 뿐이야. 내가 한심하고 못난 인간
이라 이 나이 되도록 그런 것도 배우지 못했어. 나
한테 좀 가르쳐줄래? 어떻게 하면 되는지.

─친구가 되는 법을?

─응.

진경은 다소 어이없어 하는 표정으로 웃더니,
잠시 생각해보고 입을 열었다.

─음…… 일단 네가 아프거나, 아팠거나, 입원
을 했다면 그런 사실을 나한테 알려줘야 해. 그건
친구의 알 권리야. 부담이 될 거라는 생각 같은 건
하지 마. 그 정도의 부담은 컨트롤할 능력이 있는

게 친구니까. 너한테 축하할 일이 있을 때도 알려
줘. 나는 네 일을 같이 기뻐해주고 싶어. 가서 박
수를 쳐주고 맛있는 것을 사주고, 샴페인을 터뜨
리고 싶어. 네가 내 친구라고 동네방네 자랑하고
싶은데, 너는 나한테는 그럴 기회를 주지 않잖아.

  ―그래.

  ―가끔은 나한테 반응해줘. 내가 쓴 글을 어떻
게 생각하는지 말해달라고. 네가 내 생각에 자주
동의하지 않는다는 건 알아. 하지만 어디에 어떻
게 동의하지 않는지 알려줘야 나도 배우든지 고
치든지 반박하든지 할 수 있잖아.

  ―우리가 반드시 같아질 필요는 없어. 억지로
그러려고 했다간 계속 싸우게 될 거야.

  같아지겠다는 게 아니고 상처받을 준비가 됐
다는 거야, 진경이 중얼거렸다. 다른 사람들이 아
니고 너한테는, 나는 상처받고, 배울 준비가 됐다
고! 네 생각이 어떤지 궁금하다고. 그러니까 아무
말도 안 하고 멀리서 고개를 끄덕이기만 하는 일
을 제발 그만둬. 그렇게 무조건 나를 좋게 봐주는
사람들을 볼 때마다 나는 측은해하는 눈길을 받

는 기분이야.

　—그래, 알았어. 나는 몰랐어, 네가 그렇다는 걸. 너는 누가 너한테 다른 의견을 말하는 걸 극도로 싫어하는 것처럼 보였어, 내 눈에는.

　—그러니, 내가?

　—응.

　—후…… 알았어. 고칠게 그건. 아무것도 모르면서 초면에 막말을 하는 사람이 너무 많아서 그랬나 봐. 하지만 너는 내가 누군지 조금은 봐왔잖아. 한때는 네가 어떤 사람들처럼 내 존재 자체를 잘못이라고 생각하는 게 아닌가 싶었어. 그래서 너무 서운하고 화가 났어. 하지만 이렇게 얼굴을 보고 말하니까 그게 아니라는 걸 알겠어! 바보같이. 너 역시 나를 이해하지 못해서 그동안 너무 힘들었고, 지금도 이해하고 싶어 미치기 직전인 표정을 하고 있잖아. 너는 나를 알고 싶은 거였구나! 나를 싫어하는 게 아니었어. 왜 한 번도 너랑 이런 얘기를 할 생각을 해보지 못했을까? 이런 대화를 하게 되면 너랑 끝나버릴까 봐 너무 무서웠어, 나는. 그런데 할 수 있네, 이 정도는.

—나한테도 말해줘. 내가 뭘 잘못하고 있는지.

—음, 글쎄. 그래, 너는 점점 말이 없어지고 있어. 나로서는 정말이지 미치고 팔짝 뛸 노릇이야. 내가 네 글을 얼마나 좋아했는데!

—……

—너는 아무것도 표현하지 않는 걸로 강해지려고 하지. 자신을 드러내는 건 징징거리는 것이고, 그건 곧 약자의 특징이라고 생각하면서 말이야. 나도 과묵해지고, 멋있어지고 싶어. 하지만 잘 되지 않을 때도 있고, 외로움을 잘 못 견디는 내가 싫지만, 미움받지 않으려고 입을 다물거나, 이리저리 단어를 검열하는 내가 더 한심하게 느껴져. 나는 바보 같은 말을 하면서 견딜 거야. 농담이라는 것의 위대함도 잊어버리고, 바보 같은 말을, 직설법이 아닌 문법으로 된 말들을 더 이상 이해하지도 못하고 받아주지도 않는 세상한테, 모두가 올바르고 심각하고 훌륭한 말들만 하게 돼서 여유라곤 하나도 없어 보이는 이 끔찍한 세상한테, 계속 같이 놀자고 멍청한 소리를 하고 헛발질을 할 거야. 난 바보고 멍청이니까. 그래서 사람

들이 자꾸만 화를 내나 봐. 다른 사람들은 모두 나서서 싸우고 있는데 너는 그렇게 한가하냐고 자꾸만 물어보나 봐. 하지만 미안해, 이게 나야. 이렇게 웃음이 없고 똑바르기만 한 세상을 난 못 견디겠어. 이해할 수 있겠어, 이런 거?

　—그래.

　—정말이야?

　—응, 조금은. 하지만 네가 좋아하는 커트 보니것은, 나는 도저히 못 좋아하겠어.

　—그래?

　—응. 휴…… 옛날에 사귀었던 남자가 그 사람 팬이었는데, 항상 그런 말투를 썼어. '날 쳐다보지 마라! 그냥 이렇게 됐구나!' 눈을 동그랗게 뜨고 어깨를 으쓱거리면서, 나한테도 자기처럼 웃기는 표정을 지으라고 강요했는데, 나는 그러기 싫었거든. 걔랑 너무 안 좋게 끝났는데 네가 그 작가 인용하는 걸 볼 때마다 괴로운 기억이 떠올라. 그런데 너는 한 달에 한 번은 그 작가 칭찬하는 글을 올리잖아. 다른 이유는 없어. 그냥 안 좋은 우연인 거지.

진경이 웃었다. 웃음 끝에 눈물을 닦고 나서 아이고…… 아이고 두야…… 소리를 내다가 진경은 겨우 목소리를 가다듬고 다시 말했다.

　—너도 너 자신의 이야기를 좀 써주지 않을래? 너는 내 일기를 볼 수 있지만, 네가 일을 하지 않을 때 어떻게 살고 있는지 나는 알 수 없잖아.

　—그건…… 내가 일이 좀 많았어. 사실은 일이 많은 게 아니라 내가 그냥 일 자체가 되어버린 것 같아. 아마 율아 어릴 때, 네가 율아를 키우던 거랑 비슷할까? 이런 것과는 상대가 안 될 만큼 육아라는 건 힘든 거니? 아무튼 나는…… 내 삶에선 다른 게 들어갈 틈이 그냥 없어져버렸어. 내가 뭘 느끼는지 요즘은 잘 모르겠어. 알더라도 적어둘 시간이 없고. 별로 중요하게 느껴지지도 않고 말이야.

　—하지만 나는 느껴지던데.

　—그래?

　—응. 네가 불안해하는 게 느껴졌어. 어려운 일을 맡아서 고민하고 있는 것도 느껴졌고. 얼마나 잘해내고 싶어 하는지도 알 수 있었어.

그랬구나, 사실은 방금 한 말 거짓말이야, 세연은 말하고 싶었다. 일 때문이 아니야. 나는 판단을 하지 않고 살아갈 수가 없어. 무엇이 옳은지, 무엇이 그른지, 그런 생각들을 다 떼어내고 순수하고 깨끗한 일상이라는 걸 살아가지 못하겠어. 왜냐하면 그런 건 나에게 없으니까. 너에겐 따로 일이 있지만 나는 네가 쓰는 글들이 기성 작가들이 쓰는 시와 소설보다 훨씬 훌륭하고 매혹적이라고 느껴. 정말이야. 그치만 나는 너와는 달라, 진경아. 너처럼 풍부한 상상력을 동원해서 삶을 색다른 방향에서 보거나, 윤기랑 활기 같은 걸 더해줄 수가 없고, 유쾌하고 발랄한 무언가를 빚어내서 그게 내 일상이라고 말할 수도 없어. 난 그런 게 뭔지 몰라. 말수가 점점 줄어드는 건 그래서야. 나는 그저 퍽퍽하고 재미없는 사람이 됐고, 건강해지고 싶어 하는 사람, 아름답거나 사람들을 꿈꾸게 하는 무언가를 만들기보다는 내가 쓰는 문장들이 어딘가에 조금이라도 실용적인 도움이 되기를 바라는 사람이 됐어. 그런 내가 좋지만, 때로는 내가 아주 융통성 없는 사람처럼, 단지 수천 수만

개의 비뚤어진 잣대들을 뭉쳐놓은 덩어리에 불과한 것처럼 느껴져. 그래서 말을 잘 못하겠어, 진경아, 내가 잘못하고 있는 것 같아서. 삶을 사는 방법조차 모른다는 사실을 들킬까 봐 겁이 나서. 너를 생각하면 가슴이 아프면서 그립고, 기분이 좋으면서 두려워. 내가 너한테 정말로 하고 싶은 말은 고맙다는 말이었는데.

그러나 세연은 이런 말들을 결코 입 밖에 낼 수 없었다.

세연아, 마음을 읽은 것처럼 진경이 불렀다.

─응?

─자주 보지 않아도 괜찮아. 네가 가끔 울고 싶을 때, 말할 사람이 필요할 때, 그럴 때 나한테 전화해줬으면 좋겠어.

─내가 언제 울고 싶은데?

─지금.

그래서 세연은 손을 뻗어 상상 속의 진경을 흩어버리고 현실의 전화기를 집어들었다. 진경의 번호를 천천히 누르고, 신호가 가기를 기다렸다.

*

　초등학교 홈페이지에 뜬 신입생 반 배정표를 보던 율아가 이거 서균인 것 같은데, 하고 중얼거렸다.

　―서균이도 나랑 같은 반인가 봐, 엄마.

　진경은 율아의 등 뒤로 가서 화면을 들여다보았다. 이름 가운데 글자가 별표로 가려져 있었는데, 율아는 틀림없다고 확신하는 것 같았다.

　―서균이 생일이 6월 7일이야?

　―응.

　―네 생일은 언제야, 김율아?

　―6월…… 아니 5월 4일. 아니 5월 14일. 아니다, 5월 24일.

　―그래, 그렇지. 이제 좀 외워라. 너 학교 가야 돼.

　―서균이 다 나아서 오는 거야? 엄마가 그때 선물한 마카롱 때문에 그런 거야?

　―글쎄, 그럴까?

　이 아이는 어떻게 이런 생각을 할까. 무엇이 이렇게 견고하고 맹목적인 희망을 품게 만들까. 가

너를 생각하면

가슴이 아프면서 그립고,
기분이 좋으면서 두려워.

내가 너한테 정말로
하고 싶은 말은

고맙다는 말이었는데.

능성은 별로 없었다. 헛된 기대는 하지 않는 편이 모두에게 좋았다. 하지만 그게 서균이가 맞았으면 좋겠다고 진경은 자신도 모르게 생각했다.

그런데 어떡하지. 나는 이제 베이블레이드는 졸업했는데. 이제 마인크래프트 게임이 더 좋은데. 서균이가 마인크래프트를 싫어하면 어떻게 해. 율아가 너무나 걱정하는 표정으로 말했다. 진경은 가만히 듣다가 웃고 말았다. 일주일 전 어린이집 졸업식에서 율아를 보며 진경은 말없이 눈물을 흘렸다. 그 작은 마음에 첫 번째로 새겨지는 커다란 헤어짐이 너무 크고 힘겹고 버거울 것 같았다. 지켜보는 진경의 마음에 한없이 자디잔 금들이 새겨졌다. 그런데 아이는 일주일 새 부쩍 자라 아무 일도 없었다는 듯 학교를, 새 친구들을 기다리고 있었다. 곧 봄이었다.

그때 전화기가 울렸고, 세연의 이름이 화면에 떠올랐다.

'율아 입학 선물로 책가방 사주려고 하는데 늦었니?'

책가방은 당연히 벌써 샀고, 너는 얼굴이나 좀

보여줘, 진경은 메시지를 작성했다. 그러다 메시지 뒷부분을 지웠다. 책가방은 벌써 샀어, 그치만 고마워, 진경은 메시지를 보냈다.

'이건 어때? 율아가 갖고 싶다는 피겨가 이거 맞아?'

돌칼을 들고 좀비를 때려잡고 있는 마인크래프트 주인공 모양을 한 피겨의 사진이 전송되어 왔다.

맞는데 그건 너무 비싸, 진경이 대답했다.

'지금 이거 산다. 만나서 직접 주고 싶은데 언제 시간 돼? 율아랑 같이 나와라. 혹시 생각 있으면 놀이공원이라도 갈래? 율아 입학식 때까지 방학이라며.'

진경은 그 메시지를 가만히 들여다보았다. 문득 장난기가 발동했다. 대답을 해주지 않은 채 30분 동안 율아와 함께 석탄을 캐고, 철광석을 캐고, 엔더월드에 갔다가, 좀비 피그맨들을 잡고, 엔더 드래곤이 율아와 자신의 협공으로 땅으로 떨어지는 모습을 바라보았다. 그러고 나서 카카오톡을 열어보니, 아니나 다를까 세연의 메시지가 또 와 있었다.

'저기 진경아, 내가 뭘 잘못 말했니⋯⋯?'

웃음이 나왔다. 이 아이는 왜 이렇게 서투를까. 오버를 하든지 아예 안 하든지 둘 중 하나인 아이. 무언가를 하기로 마음먹으면 한 번에 너무 완벽하게 해내지 않으면 안 된다고 생각해서 신경을 곤두세우고, 무리를 하고, 자신의 모든 것을 들이부어버리는 아이. 그러다 헐떡거리고, 숨을 몰아쉬고, 패닉에 빠져버리는 아이. 그게 세연이었다. 그러니까 그 옛날 교련 시간에, 남자들이 벌일지도 모르는 전쟁에서 생길지도 모르는 부상자들을 치료하는 법을 배우기 위해 붕대를 들고 서 있다가, 너무도 긴장한 나머지 진경의 머리에 붕대를 한 바퀴 더 감아버리기까지 한 것이다. 그러나 머리에 둘둘 감긴 그 멍청한 붕대를 세연이 콱 당긴 순간부터, 그래서 눈앞에서 수많은 별들이 팍 하는 경쾌한 소리를 내며 터지고, 입에서 악 하고 외마디 비명이 흘러나온 그 순간부터, 진경은 이것이 아주 신기한 인연이라고, 이 바보 같은 아이를 어쩌면 평생 좋아할 수밖에 없을 것 같다고, 근

거 없는 예감을 품었었다. 세연이 무슨 생각을 하
고 있는지, 함께가 아니었던 동안 어떻게 살아왔
고 지금은 또 어떻게 변해가고 있는지, 진경은 잘
알 수 없었다. 하지만 지금 세연은 진경에게 가까
워지기 위해 노력이라는 것을 하고 있었고, 잘 모
르는 사람들끼리 친해질 때의 그 서먹서먹하면서
도 간지러운 감정을, 진경은 피하고 싶어 하기보
다 즐기는 편이었다.

　'아니.'

　진경은 짧게 대답했다. 바보야, 이제 몸은 괜찮
니. 잠은 잘 자고 있는 거야? 어머니 기일은 잘 치
렀니, 쓸쓸하진 않았어? 묻고 싶은 것이 잔뜩이었
다. 하지만 그런 애틋하고 닭살 돋는 말들은 잠시
뒤로 미루기로 하고, 어떤 표정을 보내서 이 아이
를 웃겨줄까, 생각하며 진경은 손가락으로 이모
티콘 창을 뒤지기 시작했다.

'진짜 페미니즘'을
넘어서

윤이형의 『붕대 감기』가
페미니즘'들'에 대해 말하는 방법

심진경

문학평론가. 서강대학교 영문과를 졸업하고 같은 학교 국문과에서 박사학위를 받았다. 1999년 여름 계간 《실천문학》에 「여성성, 육체, 여성적 시 쓰기」를 발표한 뒤 평론 활동을 시작했다. 저서로 『여성, 문학을 가로지르다』 『한국문학과 섹슈얼리티』 『떠도는 목소리들』 『여성과 문학의 탄생』 『문학을 부수는 문학들』(공저)이 있으며, 『근대성의 젠더』를 함께 번역했다. 서강대학교 등에서 강의한다.

1

윤이형의 소설은 줄곧 약자와 소수자의 문제에 초점이 맞춰져 있었다. 그는 때로는 일상적 삶의 섬세한 관찰을 통해, 때로는 작가 특유의 SF적 상상력을 통해 우리 사회의 질서와 관습이 갖는 억압성과 그럼에도 그 안에서 살아갈 수밖에 없는 소수자의 감각을 특유의 세대 감각으로 예리하게 포착해왔다. 최근 들어 그러한 작가의 관심은 한국 사회를 흔들고 있는 페미니즘 이슈로 더욱 확장되고 구체화되고 있는 것처럼 보인다. 이즈음 한국 사회에서 페미니즘에 대한 폭발적 관심과 호응에 힘입어 여성들이 감수해온 폭력과 억압적 현실에 대한 비판적 인식을 드러내는 소설들이 세를 늘려가고 있지만, 근자에 발표된 윤이형의 소설만큼 이 문제에 대해 예민하고 자각적인 소설도 그리 흔치 않다. 기혼 여성들의 정치적 주체 되기의 지난한 과정을 그린「작은마음동호회」, 레즈비언 커플을 둘러싼 우리 사회의 정상성의 폭력을 고발하는「승혜와 미오」, 성폭력 피해 사실 여부를 중심으로 '성폭력 피해자/가해자' 간의 대립 구도만 앙상하게 남게 되는 성폭력 논쟁을, 피해자에 대한 우리 자신의 고정관념과 통념을 통해 드러낸「피클」등이 그 대표적인 사례들이다. 윤이형의 소설『붕대 감기』는 그 연장선상에 있는 소설이다.

『붕대 감기』의 이야기는 고등학교 시절에 만나 사십 대가 된 지금까지 끊어질 듯 이어지고 있는 '진경'과 '세연' 두 사람의 관계를 중심에 놓고 시작한다. 그리고 그 둘로부터 마치 가지를 치듯 뻗어나가는 여러 주변 인물들의 이야기가 자유연상의 방식으로 펼쳐진다. 이 소설의 서사는 하나의 중심으로 수렴되지 않으면서도 서로 연결된 그들 다양한 여성들의 사연 및 에피소드들의 컬래버레이션이라고도 할 수 있겠다. 이러한 구성은 그 자체로, 소설 속에서 작가인 세연이 쓰려고 했던 "다양한 연령대와 직업군의 여성들"을 대상으로 한 "여성들의 우정"(79~80쪽)에 관한 책을 연상시킨다. 이 지점에서 우리는 이런 물음을 떠올려볼 법도 하다. 나이, 직업, 취향, 기질 등이 서로 다른 그 다양한 여성들의 우정은 과연 가능할까? 이것은 우리가 이 소설에 등장하는 다양한 여성들의 생각과 사연을 읽으면서 자연스럽게 갖게 되는 의문이기도 하다. 젊은 여성들은 분노하고 늙은 여성들은 염려한다. 어떤 여성들은 그들에게 당연하게 요구되었던 꾸밈노동을 거부하는 탈코르셋을 실천하고, 다른 여성들은 탈코르셋이 또 다른 여성 억압적 규범이 되면 안 된다고 주장한다. 전업주부와 워킹맘, 기혼녀와 비혼녀는 서로를 이해하기보다 적대시한다. 서로 불화하는 이 여성들에게 과연 자매애란 가능한 것인가. 서로 입장과 처지가 다른 다양한 여성들이 펼쳐가는 각색의 에피소드와 대화를 통해 이 소설이 암시하는 고민의 핵심은 거기에 있다.

작가는 이렇게 소설 안팎에서 자연스럽게 드러나는 여러 물음에 대한 답을 직접 주지는 않는다. 예컨대 우리가 쉽게 짐작할 수 있는 '자매애'와 같은 모범 답안 말이다. 그 대신 작가는 차이가 적대감으로 이어지는 이유가 무엇인지, 여성들이 서로 갈등하면서도 공존하게 하는 힘은 무엇인지, 서로의 차이를 견디면서 여성들 간의 우정은 어떻게 가능한 것인지 등등의 질문을 제기함으로써 독자들이 각자의 입장과 위치에서 이들 질문에 대해 고민하고 토론할 수 있도록 소설을 열어 둔다. 이러한 질문의 방식은 우연적이면서도 충동적인 인물들의 이어달리기 형식과 맞물리면서, 페미니즘을 둘러싼 여성들 내부의 입장 차이와 다양한 시선을 그대로 드러나게 한다. 이러한 서사 형식은 최근 한국 사회에서 활발하게 논의되고 있는 페미니즘 관련 이슈를 양성 간의 대결 구도로 이분화하는 데서 벗어나 문제 그 자체를 탈이원적, 탈대립적으로 구성함으로써 등장인물은 물론 독자들에게 익숙한 문제를 다른 시각에서 들여다볼 수 있게 한다.

『붕대 감기』에 남성 인물이 한 명도 등장하지 않는 것은 이와 관련된다. 흔히 페미니즘 이슈를 둘러싼 여성들 간의 차이는 '과격한 꼴페미/개념녀' 혹은 '가짜 페미니스트/진짜 페미니스트'로 이분화되곤 하는데, 아이러니하게도 이는 그 성격상 '악녀(창녀) 아니면 성녀(가정주부)'라는 오래된 남성중심적 도식과 그리 멀리 있는 것이 아니다. 문제는 이러한 도식이 여성들의 다양한 실제 모습을 지우고 여성을 단순한 몇 개의 이미지로 고정시킨다는 것이다. 게다가 이 시대착오적이고 낡은 도식이 여전히 힘이 세기 때문에 여기서 벗어나는 일은 생각보다 쉽지 않다. 따라서 양성의 차이를 만들어내는 구조에 대한 사유가 전제되지 않은 채 여성과 남성의 관계를 다루게 되면, 어쩔 수 없이 소모적인 성 대결이나 뻔한 성차 논의만을 반복할 우려가 있다. 그런 점에서 남성 인물을 배제하는 작가의 인물 배치 방식은 아무리 벗어나려고 해도 다시 갇히게 되고 마는 이분법적인 성 구분 도식을 벗어나 그와 무관한 자리에서 여성에 대해 사유할 수 있는 가능성을 제공한다. 그럴 때라야 비로소 여성은 남성과의 대타對他적 관계 속에서 남성이 원하거나 원하지 않는 형태로만 존재하는 것이 아니라, 각자의 상황과 맥락 속에서 구성된 개별적 주체로 호명되고 인식될 수 있다. 『붕대 감기』 속 여성 인물들이 누구의 딸도, 누구의 아내도, 누구의 엄마도 아닌, 자기 자신에 대해 이야기할 수 있는 것은 이 때문이다. 그리하여 소설은 개별적인 각각의 점들이 조금씩 겹쳐지면서 전체 모습을 떠오르게 하는 점묘화처럼, 누군가의 이야기가 다른 누군가의 이야기와 겹쳐지고 이어지게 하면서 익숙하지만 낯선 여성들의 이야기 세계로 우리를 이끈다.

2

『붕대 감기』는 진경의 딸 율아와 같은 유치원

에 다니는 서균의 엄마인 은정의 이야기에서 시작된다. 은정은 영화사 홍보마케팅 일을 하는 워킹맘으로, 8개월 전 아들 서균이 갑자기 쓰러져 의식불명이 된 후 총체적인 삶의 위기를 겪는 인물이다. 은정은 '경단녀'가 될지도 모른다는 공포 때문에 엄마들과의 모임 같은 것을 "작위적인 인간관계"(24쪽)로 치부하며 직장생활 이외의 모든 관계를 소모적이고 불필요한 것으로 배제해왔다. 흔히 워킹맘 문제는 대개 두 가지 경로를 거치면서 서사화된다. 하나는 전업주부와의 비교·대조를 통해, 다른 하나는 '직장과 육아' 중 하나를 선택해야 하는 딜레마적 상황의 연출을 통해. 이러한 흔한 이분법적 대립 구도는 여성의 사회경제적 활동을 언제나 가사노동과 육아와의 관계 속에서만 고민하게 할 뿐이다. 그와 달리 이 소설은 워킹맘이 직업적 커리어와 양육 모두를 감당하는 과정에서 얼마나 정신적으로 황폐하고 정서적으로 고립되기 쉬운 존재가 되는지에 특별히 주목한다. 누군가의 따뜻한 위로 한마디가 간절했던 은정은 말 한 마디 섞어본 적 없는 단골 미용실 미용사인 지현에게 자기 이야기를 털어놓음으로써 비로소 마음의 안정을 찾는다. 그리고 아들 서균의 안부를 처음으로 물어봐준 진경과의 만남을 통해 자신이 더 이상 정서적으로 고립되지 않았다는 느낌을 갖게 된다. 이 에피소드를 통해 알 수 있는 것은, 어쩌면 겉보기에 시간 낭비처럼 보이는 여자들끼리의 수다모임이 이렇듯 팍팍한 서로의 삶을 응원하고 서로에게 소박한 위안을 건네기도 한다는 것, 그리고 그 과정에서 여성들은 마음의 전문가가 되어 가정과 직장이라는 제한된 공간 밖에서 아무런 이해관계 없이 새로운 친밀감의 영역을 만들 수도 있다는 것이다. 여기서 윤이형이 그리고 있는 것은, 순수하게 관계 내적인 속성에 따라 형성되고 지속되는 이른바 '순수한 관계'[1]다.

은정의 이야기는 지현의 이야기로 이어진다. 헤어디자이너인 지현은 페미니스트다. 지현은

---

1 앤소니 기든스, 배은경·황정미 옮김,『현대사회의 성 사랑 에로티시즘』, 새물결, 2001, 103쪽.

"아무도 대신해주지 않는 싸움을 하면서 맨 앞에 서서 머리 풀고 욕설을 하며 미친 사람들처럼 화를 내는 여자들"(43쪽)을 지지한다. 그럼에도 그녀는 "기혼 여성이나 트랜스젠더들에 대한 그들의 날 선 의견"(39쪽)에 대해서는 동의하지 못한다. 또한 그녀는 여성들에게 꾸밈노동이 강요되는 현실에서 탈코르셋을 해야 한다고 주장하면서도 헤어디자이너라는 자기 직업에 자부심과 애정을 갖기도 한다. 그리고 여성을 아름다움과 동일시하는 미용실 실장 해미의 "투박하고 유치한 말들"(47쪽)을 속으로 비웃지만 다른 사람의 아픔에 공감하는 해미의 진심에 고개를 끄덕이기도 한다. 이것은 일종의 자기분열이다.

아무에게도 말할 수 없고 이해받을 수도 없는 그런 분열과 자괴감 때문에 지현은 다른 사람들, 말하자면 바람 같은 사람들과 약간의 거리를 두게 되었다. (…중략…) 지현은 집회에 나갔지만 그 집회를 둘러싸고 일어난, 여자들끼리 하는 싸움에 끼지는 않았다. 그런 건 소모적으로 보였다.(38~40쪽)

181

그렇다면 지현은 페미니스트인가, 페미니스트가 아닌가? 페미니스트는 투블럭 커트 헤어스타일을 하고, 핑크와 액세서리를 혐오하며 "분노로 불타는 불주먹"을(61쪽) 가진, 강철 같은 심장의 소유자들이어야 하는가? 페미니스트는 매사에 일관적이고 논리정연해야 하는가? 상냥하게 미소 짓는 페미니스트, 외모 가꾸기를 좋아하는 페미니스트, 내성적이고 소극적인 페미니스트는 존재하지 않는가? 그런데 진짜 페미니스트는 누구인가? 소설 속 지현의 내적 모순과 분열적 자의식은 이렇게 자명한 것처럼 보였던 페미니스트 정체성을 다시 질문하고 고민하게 만든다. 소설은 진경과 세연의 이야기에서 탈코르셋과 혐오발언을 둘러싼 세대 간 경험과 입장의 차이를 통해 이 문제를 좀 더 심화된 형태로 제기한다.

평범한 사십 대 중산층 여성(처럼 보이는) 진경은, 페미니스트 편집자이자 작가인 친구 세연에게 끊임없는 가치판단의 대상이 된다. 그녀에 따르면 진경은 "남자가 없으면 못 사는"(135쪽), 외모 가꾸기에나 열중하는 한심하고 뻔한, 그렇고 그런 여자다. 그러나 여성다움에 대한 강요가 폭력인 것처럼, 여성다움에 대한 과도한 혐오와 경멸 또한 폭력일 수 있다. 이는 진경을 경멸하는 세연의 복잡한 내면 사정을 통해서도 확인할 수 있다. 사실 세연은 외모 가꾸기에 열중하던 시절이 있었으며, 그 때문에 전교생에게 왕따를 당한 경험이 있다. 그 당시 화장하는 십 대 여학생은 학교와 사회가 요구하는 순결하고 깨끗한 여학생 이미지에서 벗어났다는 이유로 성적으로 문란하다는 조롱을 받았으며, 그 때문에 '걸레'로 낙인찍히기도 했다. 그렇다면 지금은 어떤가. 그때와는 정반대로 "이제는 화장을 하지 않으면 따돌림과 놀림의 대상이" 되는 시대로 "세연이 받았던 것만큼이나 따가운 시선을, 이제 화장을 하지 않는 학생들이 온몸으로 받아내고 있었다."(138쪽) 외모 강박이 심했던 세연에게 화장은 단순한 꾸밈노동이나 코르셋이 아닌, 자기 열등의식을 감추기 위한 최소한의 자기보호막이자 방어 수단이었다. 모든 화장이 꾸밈노동은 아니다. 누군가에게는 자기 방어를 위한 수단일 수도, 다른 누군가에게는 자기표현의 한 방식일 수도 있기 때문이다. 그러나 어떤 화장은 꾸밈노동이다. 화장하지 않은 맨얼굴을 예의 없다고 말하는 사회에서, 화장을 하지 않았다는 이유로 따돌림 당하는 학교에서, 분명 화장은 강요된 노동이고 우리를 억압하는 코르셋이 된다. 그렇다면 화장은 꾸밈노동인가, 아닌가.

소설에서 작가가 지현과 세연의 사례를 통해 던지는 질문은, 어쩌면 중요한 것은 화장을 하느냐 하지 않느냐의 문제가 아닐지도 모른다는 사실이다. 외모를 기준으로 여성을 소외시키고 멸시해온 역사는 길다. 르네상스 시대 이후 거의 300년간 유럽을 휩쓴 마녀사냥 과정에서 결혼하지 않은 지적인 여성은 '못생긴 여자'로, 그러다가 점점 사회질서를 위협하는 '마녀'로 낙인찍혔다.[2] 기존의 남성중심적 질서에 문제를 제기하는 여성들은 그 후로도 계속해서 '못생긴 여자' 취급을 받았

2   클로딘느 사게르, 김미진 옮김, 『못생긴 여자의 역사』, 호밀밭, 2018 참고.

다. '꼴페미'라는 혐오표현이야말로 페미니스트에게 '못생긴 여자' 프레임을 덧씌우는 오래된 전형적인 논리다. 그러나 여성에게 들이대는 이런 미추의 기준이야말로 얼마나 자의적이고 편협한가. 여성에게 아름다움이란 남성중심적 사회 혹은 자본주의적 질서가 여성에게 요구하는 조건을 충족시켰는가 여부에 따라 판정되는 가치에 불과하다. 화장하지 않은 맨얼굴이 때로는 더 가혹한 가부장제적 규범(왜냐하면 맨얼굴인데 예쁘기까지 해야 하기 때문에)으로 작동될 수도 있다는 사실을 잊어서는 안 된다. 따라서 탈코르셋은 화장하지 않은 맨얼굴과 투블럭 커트 헤어스타일, 노브라로 요약되는, 탈여성화된 외모 규범을 요구하는 데서 그쳐서는 안 된다. 오히려 탈코르셋은 여성들에게 의식·무의식적으로 강요되고 내면화되어온 모든 팬옵티콘적 남성 감시로부터 벗어나 진정한 여성 자결권을 획득하는 데까지 나아가야 한다.

그러나 그 과정은 얼마나 험난하며 또 얼마나 지지부진할 것인가. 때론 여성주체성 획득이 언제나 정치적으로 올바른 기호인가라는 질문이 제

기될 수도 있다. 예컨대 1990년대 한국 대중문화가 요구한 새로운 주체적 여성 이미지가 사실은 새로운 소비주체에 대한 자본주의 시장경제의 요구에 부응하는 것이었다는 사실은, 절대적으로 올바른 페미니즘이란 사실상 불가능함을 암시한다. 어떤 관점에서는 순응주의자처럼 보이는 사람이 다른 관점에서는 전복적인 가능성을 지닌 존재가 될 수도 있다. 작가가 이 소설에서 암시하는 것은, 그처럼 페미니즘에 모범 답안은 없다는 사실이다. 세연이 보기에 진경은 삶에 대해 소박하고 평균적인 의식수준을 지닌 그렇고 그런 아줌마지만, 그렇다고 "진경은 바보가 아니었다."(64쪽) 진경은 세연이 엄격한 페미니스트 강령에 따라 자신을 판단하고 평가한다는 것을 잘 알지만, 그럼에도 불구하고 세연의 '단호함'과 '편협함'마저도 이해하려고 노력한다. 겉보기에 완벽한 페미니스트인 세연은 또 어떤가.

세연은 머릿속이 정리되지 않았다. 이곳에는 도저히 답이 없으니 삶에서 불필요한 것들을 빨리 정리하고 정상으로 올라가 떠나겠다는 이 학생들을 지난 시대의 관점으로 판단하는 일이 공정한지 혹은 유효한 것인지 알 수 없었고, 자신의 사고에 믿음을 가질 수가 없었으며, 자신이 낡은 사람이라는 위기감, 이미 많이 뒤처졌고 이제는 있는 힘껏 지금을 따라잡아야 한다는 생각 때문에 주관이 더더욱 흐트러졌다.(85~86쪽)

세연은 겉으로는 강한 페미니스트지만 자기 확신보다 초조함과 위기의식, 불안으로 흔들리는 불완전한 존재다. "자매에서 금세 적으로 몰릴"(83쪽)까 봐 젊은 페미니스트들에게 말조심을 하거나 때론 "머릿속이 정리되지 않"(85쪽)을 정도로 자기 생각에 확신을 갖지 못한다. 세연 또한 잘 안다. 진경에 대한 비난이 사실은 자기 안에 여전히 남아 있는 어떤 두려움과 불안에 대한 거부감에 다름 아니라는 것을. 어쩌면 세연 자신이 진경과 크게 다르지 않을지도 모른다는 것을.

진경은 거울일 뿐이었다. 진경을 보며 진경이 아니

라 과거의 자신을, 27년 전 고등학교 1학년 교실에 붕대를 들고 서 있던, 단지 완전히 성숙하지 못했고, 누군가와 이어지고 싶었으나 그럴 수 없어서 엉거주춤 서 있던 어린 자신을, 세연은 한없이 미워하고 있었다. 언제부터인지도, 어디까지인지도 모르게.(142쪽)

소설 속 등장인물들 대부분은 이러한 자기혐오와 불안의식을 벗어나지 못하고 있을 뿐만 아니라, 어떤 점에서는 여전히 성숙하지 못한 의식 상태에 머물러 있다. 어쩌면 소설 속 '붕대 감기'로 대표되는 세연의 실패와 고립에 대한 공포는 과거의 자기와 같은 처지에 있는 지금의 젊은 페미니스트들과의 연대를 가능하게 했을지도 모른다. 그러나 동시에 세연은 자신의 불완전함을 그들에게 들킬까 봐 혹은 그들에게 '꼰대'로 비춰질까 봐 두려워하기도 한다. 세연뿐만이 아니다. 진경과 SNS 친구인 오십 대 중반의 싱글 여성 윤슬은 젊은 여성들이 처한 억압적 현실에 공감하지만, 그러한 공감은 젊은 여성들에 의해 종종 '여성혐오'나 '피해자 비난'으로 해석되어 비난의 대상이 된다. 윤슬이 스스로를 "퇴적된 지층의 일부"(95쪽)로 정체화하고 여성문제에 대해 침묵하는 것은 이 때문이다. 성폭력 피해자인 제자 채이를 위해 동료 교수이자 후배인 "천에게 보내는 격문을 써서 아무도 없는 시간에 학생회관 벽에 붙"(105쪽)인 경혜는 또 어떤가. 그러나 이런 경혜의 노력은 채이의 후배인 형은에게 제자의 고통을 이용해서 '페미니스트 투사'라는 영광을 얻으려는 나이 든 페미니스트의 음흉한 계략으로 삐딱하게 해석된다. 형은에게 기성 페미니스트들은 페미니즘으로 "강연을 열고 책을 팔고 포트폴리오를 채"울 뿐, 정작 행동이 필요한 순간에는 자기들과 "선을 긋고 없는 사람 취급하"(110쪽)는 침묵하는 '꼰대'에 불과하다.

작가는 그렇게 나이 든 페미니스트와 젊은 페미니스트를 각각 '영악한 여자 꼰대/분노하는 천방지축 어린애'로 대립시키는 이분법적 프레임을 문제 삼는다. 그 프레임은 도대체 누가 만든 것인가. 그런데 정말 경혜와 형은의 갈등과 입장 차이는 단순히 세대 간 격차에서 비롯된 것에 불과한 걸까. 여성 내부의 차이에 대한 논의는 지금의 문제만은 아닐뿐더러, 세대 간 갈등에 국한된 것만도 아니다. 성정체성, 계층, 지역, 학력, 직업 등등에 따른 여성들 간의 차이는 예전부터 있어왔으며, 그 차이만큼 페미니스트들 사이에 서로 다른 입장과 견해차는 존재해왔다. 문제는 그러한 여성 내부의 차이와 다양성을 단순히 세대 간 차이로 몰아가면서 더 다양한 페미니즘 논의의 가능성을 제한해버린다는 것이다. 그리고 이러한 '늙은 여성/젊은 여성'으로 대변되는 페미니즘 이분법의 프레임은 선악의 마니교적 이분법으로 전화轉化하면서 페미니즘을 '좋은 페미니즘/나쁜 페미니즘', '진짜 페미니즘/가짜 페미니즘'으로 나누는 진품명품쇼로 전락시킨다. 그런데 도대체 좋은, 진짜 페미니즘은 어디에 있나.

그런 페미니즘은 없다. '진짜 페미니즘'이란 마치 어떤 이상적 형태를 상정하고 거기에 도달하지 못하는 모든 것을 부정하는 텅 빈 기표와 같다. "존재하지 않는 것을 상상하고, 그것을 가짜 기원으로 삼으면서 동시에 향수를 느끼는 것"[3]처럼, '진짜', '좋은', 페미니즘이라는 개념은 오히려 우리 사회의 젠더 문제를 해결될 가능성이 거의 없는 것으로 만들어버린다. 왜냐하면 순수하고 완전한 페미니즘이라는 이데아는 이 현실 세계에서는 실현 불가능하기 때문이다. 그렇다면 지금 우리에게 필요한 것은 페미니즘, 혹은 페미니스트에 대한 당위와 대의명분에서 벗어나, 진짜인지 가짜인지 재단하지 않는, 각자의 복잡한 경험이나 개별 특성을 인정하는, 이분법적이고 대립적

---

3   최태섭, 『한국, 남자』, 은행나무, 2018, 214쪽.

인 사고방식을 벗어난, 천편일률적이지 않은, 모순이 공존하는, 잡종적인, 오염된 페미니즘, 페미니스트인지도 모른다. 그것이야말로 어쩌면 '진정한 페미니즘'이라는 강박에서 벗어나 '소문자 페미니즘들'[4]을 만드는 일이며, 그럴 때라야 비로소 여성연대는 가능할 것이다. 이때 여성연대란 단수적이기보다는 복수적이고, 통합적이기보다는 해체적이고, 무질서하고 개방적인, 그래서 비非연대처럼 보이는 어떤 것이 될지도 모른다. 윤이형의 『붕대 감기』가 여성들끼리의 화해와 연합이 아닌, 서로 간의 다름을 인정하는 데서 끝나는 것은 이런 인식과 맥을 같이하기 때문이다. 마침 진경은 상상 속에서 세연에게 이렇게 말한다.

너와 똑같은 속도로, 같은 방향으로 변하지 못한다

---

4   록산 게이, 노지양 옮김, 『나쁜 페미니스트』, 사이행성, 2016, 17쪽; 김홍미리, 「'페미니즘 고딕체' 권하는 사회를 살아가는 법」, 『페미니스트 모먼트』, 권김현영 외, 그린비, 2017, 147쪽.

고 해서 그 사람들의 삶이 전부 다 잘못된 거야? 너
는 그 사람들처럼, 나처럼 될까 봐 두려운 거지. 왜
걱정하는 거니, 너는 자유롭고, 우리처럼 되지 않
을 텐데. 너는 너의 삶을 잘 살 거고 나는 너의 삶을
응원할 거고 우린 그저 다른 선택을 했을 뿐인데.
……참 이상해. 다른 사람이었으면 벌써 관계가 끝
났을 텐데, 이상하게 세연이 너한테는 모질게 대하
지 못하겠더라. 이해하고 싶었어. 너의 그 단호함
을. 너의 편협함까지도.(154~155쪽)

세연도 진경에게 상상 속에서 말한다.

나 역시 무섭고 외로워. 버스? 이게 버스라면 나 역
시 운전자는 아니야. 난 면허도 없고, 그러니 운전
대를 잡을 일도 아마 없을 거야. 그건 우리보다 젊
은 사람들이 할 일이야. 하지만 우리 이제 어른이잖
아. 언제까지나 무임승차만 하고 있을 수는 없으니
까, 나는 최소한의 공부는 하는 걸로 운임을 내고
싶을 뿐이야. 어떻게 운전을 하는 건지, 응급 상황
에선 어떻게 해야 하는지, 그 정도는 배워둬야 운전

자가 지쳤을 때 교대할 수 있잖아. 너는 네가 버스 바깥에 있다고 생각하지만, 나는 우리 모두가 버스 안에 있다고 믿어. 우린 결국 같이 가야 하고 서로를 도와야 해.(156쪽)

어쩌면 연대에서 가장 중요한 것은 '같아지는 것이 아니라 상처받을 준비가 되어 있다는 것'일지도 모른다. 소설은 다만 세연의 '붕대 감기'가 세연과 진경 모두에게 예기치 않은 고통과 좌절을 안겨준다고 하더라도 계속될 것임을, 그러니 상처받을 것이 두렵다고 해서 관계 맺기를 포기하지 말아야 함을 암시한다.

윤이형의 소설 『붕대 감기』는 최근 한국 사회에서 활발하게 논의되는 페미니즘 이슈를 전면적으로 다룬 문제적인 소설이다. 작가는 페미니즘 이슈를 둘러싸고 벌어지는 여성들 간의 갈등과 대립, 내면에서 일어나는 분열과 혼란 등을 다루면서도, 그럼에도 불구하고 포기할 수 없는 여성들의 연대를 꿈꾼다. 소설에서 대부분 여성인물들은 불안과 의심에 흔들린다. 인물들이 그런 것처럼, 작가 역시 시종 확신에 찬 목소리를 내지 않는다. 그것은 작가가 지금 한국 사회에서 페미니즘 이슈가 안고 있는 문제의 복잡성과 어려움을, 연대의 지난함을 알고 있기 때문이다. 하나의 결론에 안주하지 않으면서 곳곳에서 주저하고 흔들리는 작가의 목소리는, 그럼에도 그 복잡성과 지난함을 회피하지 않겠다는 의지와 고심의 흔적을 드러내는 형식이라고 보아야 할 것이다.

작가의 말

지난 몇 년간의 설렘과 혼란과 벅참과 아쉬움을 떠올려본다. 누군가의 눈앞에서 문을 쾅 닫아버린 일도 있었고, 내 눈앞에서 문이 쾅 닫힌 일도 있었다. 내 잘못이 아닌 일에 죄책감을 느끼기도, 강요당한 죄책감에 화가 나기도 했다. 섣부른 판단과 평가가 지긋지긋했지만 언제까지나 판단을 유보하는 태도가 한없이 비겁해 보이기도 했다.

너무 다른 나를 말없이 참아주는 마음을 느끼며 언젠가는 저쪽의 실망으로 이 관계가 끝나리란 걸 예감할 때도, 대체 어떻게 대화해야 할지 위태로울 때도, 말이 두려워 손을 놓고 가버린 사람들이 야속하면서도, 나라도 그랬을 거야 싶을 때도 있었다. 동료가 되는 일의 명료함과 뜨거움과 짜릿함을 알았고 단호해져야만 해낼 수 있는 일들이 있음을 알았지만 너그럽고 속 깊었던 친구들의 기억으로 우는 날도 많았다.

변화는 꼭 필요하고 변화를 말하는 목소리가 다른 모든 목소리에 대한 부정이 아님을 알면서도, 우리는 너무 약해서 종종 오해하고 잘못 말하고 상처를 받는다. 목소리 안에 있을 땐 동참해주지 않는 사람들을 보며 외로웠고 바깥에 있을 땐 말할 수 없는 게 많아서 외로웠다.

마음을 끝까지 열어 보이는 일은 사실 그다지 아름답지도 않고 무참하고 누추한 결과를 가져올 때가 더 많지만, 실망 뒤에 더 단단해지는 신뢰를 지켜본 일도, 끝까지 헤아리려 애쓰는 마음을 받아본 일도 있는 나는 다름을 알면서도 이어지는 관계의 꿈을 버릴 수는 없는 것 같다. 꿈에도 서로를 사랑할 것 같아 보이지는 않는 사람들 역시 은밀히 이어져 모르는 사이에 서로를 돕고 있음을, 돕지 않을 수 없음을 이제는 알기 때문에.

나의 어리석음 때문에 멀어진 옛 친구들과, 지금 나를 견뎌주는 몇 안 되는 보석 같은 사람들과, 한없이 미워했던 게 이제는 너무 미안한 나 자신을 떠올리며 썼다.

그들이 건강했으면 좋겠다.

2019년 겨울
윤이형

붕대 감기

초판 1쇄 2020년 1월 14일
초판 15쇄 2023년 8월 1일

지은이 윤이형
펴낸이 박진숙 | **펴낸곳** 작가정신
편집 황민지 박하영 | **디자인** 이현희
마케팅 김미숙 | **홍보** 조윤선 | **디지털콘텐츠** 김영란 | **재무** 이수연
인쇄 및 제본 한영문화사

주소 (10881) 경기 파주시 회동길 216 2층
대표전화 031-955-6230 | **팩스** 031-955-6294
이메일 editor@jakka.co.kr | **블로그** blog.naver.com/jakkapub
페이스북 facebook.com/jakkajungsin
인스타그램 instagram.com/jakkajungsin
출판 등록 제406-2012-000021호

ISBN 979-11-6026-156-1 03810

이 도서의 국립중앙도서관 출판시도서목록(CIP)은 서지정보유통지원
시스템 홈페이지(http://seoji.nl.go.kr)와 국가자료공동목록시스템
(http://www.nl.go.kr/kolisnet)에서 이용하실 수 있습니다.
(CIP제어번호: CIP2019051971)